JN098435

「鈴木くん。放課後は私に付き合ってね」
「え？」
ついに僕もクラスメイトに
友達ができるのか？

「なんだ？　コスプレ？

仮装パーティー？」

「日本の発展をもっと
堪能したいのう」

「まずい。皆、こはる荘に逃げ込むぞ」

「いいから全員帰るんだ～！」

CHARACTER
鈴木 透
学生兼
学生寮管理人
マミマミ
ダンジョンに
棲む巨狼
美夕麗子
謎だらけの
クラスメイト
シズク
変幻自在の
白スライム
立石あやめ
透のクラスメイト
寺の娘
狐神美奈
透のクラスメイト
神社の娘
リア
ダンジョンを
冒険する女騎士
ディート
ハイエルフの
女魔法使い
リュウ
異界の国に住む
陰陽師
ABOUT MY ROOM LEADS TO DUNGEON
After School club activities of Different World Adventure

CONTENTS

僕の部屋がダンジョンの休憩所になってしまった件
ABOUT MY ROOM LEADS TO DUNGEON
学園の妖狐編
放課後の異世界冒険部
著作 東国不動
イラスト 竹花ノート
TAKESHOBO

第一章　異世界寮を救うのは、寺か神社か？

なんて素晴らしい夢だ。
このまま死んでもいい。
僕は夢の中で異世界の胸と尻と洗濯板に挟まれていた。
大きな胸はディートのものに違いない。
適度な筋肉がついている形の良いお尻はリアのものか。
洗濯板みたいなマミマミさんの胸がちょっと痛いけどいい夢だなあ。
「ん？」
夢で痛い？
ちょっと痛いというか肋骨がゴリゴリとかなり痛い。
夢で痛いことってあんまりないよね。
それに痛いだけじゃなくなんだか苦しいぞ？？？
「くっ、苦しい……息がっ」

肌色のムチムチとか洗濯板を押しのけて酸素を確保する。

「ぶはっ。はーはー」

どうやら僕の顔は異世界人たちの胸や尻に押しつぶされていたようだ。

和室にはマミマミさん、ディート、リアが転がっている。

昨日、酔っ払ったディートが来て、帰れだの帰らんだの押し問答になって、皆和室で寝てしまったらしい。

「異世界人……寝相が悪すぎ……は？」

今、何時だ？

「やべええええ。8時だあ」

僕は学生寮「こはる荘」の管理人として朝食を作らなければならない。

けれども朝食を作るために起きる時間はとっくに過ぎていた。

「ど、どうして起きられなかったんだ～」

ううう、和室の布団の上に所狭しと転がる胸と尻のせいなのか？

このままでは寮生たち、特に大飯食らいの六乃宮姫子（ろくのみやひめこ）先輩、通称・会長のカミナリが落ちてしまう。

その時、ガチャリと音が鳴って誰かが玄関から入ってきた。

「会長ごめんなさい！」

先に謝って許してもらおうと思ったが、僕の部屋に入ってきたのは会長でも寮生でもなかった。

僕の部屋に入ってきたのは僕だった。

鏡を見ているようだ。

ぼ、僕が二人？

な～んてね、慌てることは何もない。

もう一人の僕は溶けはじめてポヨンとした白いスライムになった。

「ご主人様、おはようございます！」

「おはよ～シズク」

「すいません。ご主人様があまりにも幸せそうに寝ていらっしゃったので、朝ご飯を作るお仕事は私がしておきました」

シズクは人間に飼われる生態を持つレアな白スライムだ。

アラームも鳴らなかったってことはシズクが止めてくれたのだ。

「よかった～」

「ごめんなさい。勝手なことして」

「ううん。いいんだよ。それにしても……」

この異世界人たちはどうしよう。

気持ち良さそうに寝てるなあ。

そりゃそうか。

この人たちはダンジョンの床で雑魚寝することもあるらしいから畳の上でも天国だろう。

ましてや布団なら。

だが、僕も学校があるから、起こして帰らせないといけない。

学生寮に寝かせたまま学校に行ったら大変なことになる。

どんな騒ぎになるかの予想グラフが斜め上ならいいほう、真っ直ぐに上昇して天井をぶち破るぞ。

「マミマミさん、ディート、リア、朝だよ」

ディートが気だるそうに顔をこちらに向ける。

「まだ早いわ〜寝たばかりじゃない」

「いいから起きて」

「トールもまだ眠いんじゃないの？　目の下がクマになってるわよ」

「そりゃあね」

夜遅くまで帰れとかここで寝るとか押し問答してたんだから。

「なら寝ましょうよ。ほら、ここ暖まってるから入って」

ディートが自分が占領していた敷き布団のスペースを半分あけ、腕を上げて掛け布団のドームを作る。

入りてえええええ。

寝てえええええ。

寮の管理人という立場から早起きしているけど、朝は弱い。

「僕には学校があるんだよ」

「そ～行ってらっしゃい」

「いや帰ってくれよ」

「もう少し寝たら帰るわよ」

「僕がいなくなったら好き勝手に日本を物色するだろ？」

ディートがピクリと動く。

「それはいい考……そんなことしない～眠いだけ～」

余計なことを気が付かせただけのようだ。

こうなったら。

——シャー

僕はカーテンを開けて朝日を取り込む。

「ま、まぶしい！」

「うわ～」

「とける～」

この人たちは真っ暗なダンジョンが仕事場であり生活の場なので日光に物凄く弱い。

吸血鬼や石の下にいる虫と同類かもしれない。

「はい。早く帰ってね」

異世界人たちがのろのろと起き上がる。

その様子を見ていると部屋のドアがまたガチャリと音を立てた。

「鈴木くん、晴れてるからレイちゃんがダンジョンの小部屋を使わせてほしいって。私も急いでるからお願い」

か、会長。後ろには美夕さんもいた。

僕の部屋はダンジョンの小部屋につながって、さらにダンジョンの小部屋を生徒会室につなげている。

会長のいうところのレイちゃん、美夕麗子さんは異世界人たちよりも日光に弱い。

だから晴れの日は僕の部屋のダンジョンを使って学校に通う。

その時間がそろそろだということをすっかり忘れていた。

「どうして鈴木くんの部屋に真神さんやディートさんやアリアさんがいるのよ！　異世界と日本はちゃんと分けなさいって言ってるじゃないの！」

やはり会長のカミナリが落ちた。

「いや違うんです。帰れって言ったんだけど皆が勝手に寝ちゃって」

「言い訳無用！」

美夕さんがマミマミさんの側にしゃがむ。

「マーちゃん。本当はどうなの？」

「帰れって言われたけど面倒で」

「めっ」

「はーい」

マミマミさんは真神のワシが人間の言うことなど聞けるかとか言って僕には逆らうのに、なんで美夕さんの言うことなら聞くんだ。

「先輩、トオルくんの言ってることは本当みたい。許してあげてください」

「ぐうう。仕方ない。生徒会室を三日間掃除！」

「え〜」

「サボったらおばあ様に部外者を寮に連れ込んでいると言いつけるから」

「わ、わかりました」

寮の管理人であったおばあちゃんの名前を出されたら従うしかない。

親が蒸発した僕を高校に通えるように手配してくれた恩がある。

……単純に怖いということもあるけどね。

◆
◆
◆

——キーンコーンカーンコーン、キーンコーンカーンコーン
朝のホームルームに滑り込みセーフ。

「鈴木、遅いぞ。早く席につけ」

「す、すいません。えへへ」

マミマミさん、ディート、リアを異世界に帰すのにだいぶ時間がかかってギリギリになってしまった。

あの三人は友達のいない僕が少しでも目立つ行動をするのがどれだけ辛いかわかっているのか。

わかってないか……異世界人だし。

転校して一ヶ月、体力テストが終わっても僕にはまだ友達がいなかった。

チラっと美夕さんを見ると、美夕さんもこちらを見ていたようで慌てて視線をそらす。

同じクラスで同じ寮の美夕さんとは話すけど、普通のクラスの友達とはまた違うような気がするしなあ。

ホームルームが終わると一時限の授業がはじまるまで短い休みがある。

僕は一時限目の準備をする。

鞄から現国の教科書とノートをゆっくりと取り出した。

それでも体感的には5秒ほどで準備は終わる。

後はボーっと席に座るだけ。

クラスメイトはそれぞれが仲の良い友達と集まって楽しそうに話している。

こういう時に友達を作りたいと思う……。

高校生が学校に通ったら毎日ある、こういう時である。

美夕さんは人気で人だかりができている。

もともとの性格の良さに加え、顔を見せれば実は美少女、しかも成績は学年トップで、運動もめちゃくちゃできる年齢は一年上のお姉さん。

わかるよ。わかる。男女ともに人気出るだろうよ。

だけど異世界でレベルを上げることによって体力テストで全国クラスの成績を出した同級生がここにもいるんだぞ。

部活を真面目にやっている先輩から何件かスカウトも受けたけど、先輩じゃ意味ないし、こはる荘の管理人の仕事もある僕は忙しくて部活もできない。

一時限目の現国が始まる、終わる。

また友達の必要性を見せつけられる時がくる。

僕は机に突っ伏して寝てるフリをはじめる。

実際、今日は眠いので本当に寝てもいいかもしれない。

そうやって友達のいない青春は今日も過ぎ去っていく。Zzz。

「ずきくん……鈴木くん」

夢の中で誰かに呼ばれている。

きっとクラスメイトの誰かだ。

「鈴木くん！！！」

「ふわっ？」

机から頭を離して顔を上げると、目の前にはクラスメイトの立石(たていし)さんと狐神(こがみ)さんが立っていた。

「立石さん？　狐神さん？」

いつも一緒にいる二人組の女子でクラスレベル、いや学年レベルでちょっと有名だ。

友達のいない僕にも休み時間に寝たフリをしていると噂が入ってくるので、ひょっとしたら学校レベルかもしれない。

可愛い子が多い1年B組の中でも二人とも特に可愛い
ただ二人を有名にしているのは見た目だけではない。

立石さんは寺の娘だ。

寺生まれの美少女T。これだけでも有名になる。

そして相方の狐神さんはなんと神社の娘である。

いつも寺と神社でどちらがご利益があるか言い争っているらしい。

仲がいいのか悪いのか？　本当は友達じゃないのか？

その二人がぼっちの僕になんの用だろう。

立石さんがキッと僕をにらみつけて言った。

「鈴木くん！　アナタ霊に取り憑かれてるよ！」

「れ、霊？」

急に何を言い出すんだ。立石さんは。

「学生寮あるでしょ？　名前はなんだっけ？」

「こはる荘？」

「そう。こはる荘」

「こはる荘が？」

「あそこは幽霊がいるの」

幽霊？　確かにこはる荘に幽霊が出るって噂はずっとあるけど。

「ないない。幽霊なんか一度も見たことないよ」

あんなところ幽霊も逃げ出す。

変な寮生に無軌道な異世界人にわんぱくな神様、モンスターのシズクはまともだけど。

待てよ。異世界人にモンスター……。

幽霊ってそれを勘違いしているのか？

「自分の顔を鏡で見て。目の下がクマで真っ黒」

「い、いや、これは……」

異世界人の乱入や連日のレベル上げのせいで寝不足とも言えない。

「私、寺生まれだから霊感あるの！　アナタは霊に取り憑かれてるわ」

いやいや、取り憑いているのは霊ではなく異世界人だ。

立石さん、本当は霊感ないだろ。

「寺が助けてあげる！」

助けると言われても……助けられるかなあ……寺が……。

「アナタの寺なんてあの寮には役に立たないわ。神社を頼りなさい」

狐神さんもそういう系の人か。

「寺よ！」「神社に決まってる！」「寺！」「神社！」「寺！」「神社！」

ううう。二人とも可愛いのに。

どうして僕には普通の友達が普通にできないんだろうか。

立石さんに右腕を掴まれ、狐神さんに左腕を掴まれる。

二人が左右に僕を引っ張り出した。

これは両手に花というやつではないだろうか。

可愛い子二人から引っ張られるのは悪くない。

女の子の力なら痛くないだろうし……って、痛ててててててて。

立石さんは痛くないが、狐神さんは普通にめっちゃ痛いんですけど。

左手側に倒れてしまいそうだ。

僕はダンジョンでレベル上げして体力テストでも好成績を取ったのに何故？

「わ、わかりました。寺と神社に助けてもらいますから」

行けばいいんだろう行けば。

早く離して。

「寺が先～」

「神社だ～」

痛たたたたたた。

「ジャンケンして！」

二人が思いついたようにパッと腕を離す。

左腕の狐神さんのほうに引っ張られないように耐えていたから、右腕の立石さんのほうに倒れ込むのをなんとか耐える。

「「ジャンケーン、ポン！」」

「「アイコーデショ」」

もうアイコが5回ほど続いている。

仲がいいんだか悪いんだか。

「やったー勝った！　寺の勝ちだ！」

10回以上のアイコ合戦の果てに勝利したのは立石さんらしい。

「寺が勝ったわけじゃない」

「寺の力が霊との戦いという運命をもぎ取ったのよ」

霊なんかいないし、運命をもぎ取ったってただのジャンケンじゃないか。

「どうせ寮の問題は寺では解決できない。せいぜい気をつけなさい」

「ふふふ。狐神さんがまた負け惜しみを」

立石さんは満足そうだ。

こはる荘の問題は寺でも神社でも解決できないと思うけどね。

あの問題児たちに言うことを聞かせるのにはどうしたらいいんだろうか。

「じゃあ鈴木くん。放課後は私に付き合ってね」

「はいはい。え？」

付き合って？

そういう意味じゃないと思うが、ともかく一緒にいるってことだよな。

それってこんな可愛い子と友達になれるかもしれないじゃないか。

ついに僕もクラスメイトに友達ができるのか？

ちょっと変わってるけど。

◆　◆　◆

放課後、立石さんと狐神さんが僕の席の前に来た。

「どうしてアナタまで来るの？」

「ふっ。お手並み拝見と思ったけど、見る価値もなさそう」

狐神さんは自分の机に戻って教科書を鞄に詰める。

帰る準備をはじめた。

狐神さんはツンとしているが妙な色気がある。

「か、帰るの〜？」

立石さんはまるで狐神さんに帰ってほしくなさそうだ。

「そう言ってるでしょ」

狐神さんはスタスタと去っていった。

立石さんと二人で残される。

「で、どうするの？」

取り憑いた霊を祓うってどうするつもりなんだろう。

「そ、そうね。まずは寮に行かないとね」

「げっ」

「何？」

「いや別に」

寮に来るのかよ。

寮の幽霊に取り憑かれていると言われているのだから、当然の流れだけど。

異世界人たちとばったりなんてことはないだろうか。

……大丈夫だろうか。

異世界人たちだって日本のエリアに勝手には入り込んで来ないだろう。

多分、きっと。

僕は立石さんと寮に向かって歩く。

教室を出て廊下に、そして玄関へ。

その間、ずっと無言だった。

正直、気まずい。

「さあこーい。ピッチャー」

校舎を出るとまだ日が昇っていて野球部が活動していた。話題、発見！

「そういえば立石さんの部活って何？　僕は入ってないんだけど」

「え？　あ、部活って言った？　帰宅部」

「そうなんだ。僕と同じだね」

「そうね」

会話は一瞬で終わった。

おかしいな。コミュニケーションには相手と共通の話題を探せば盛り上がるとネットには書いてあったんだけど。

帰宅部談義は盛り上がらなかった。

それどころか立石さんの声はどうも重苦しい。

こはる荘は学園の敷地の端にある。

すぐに着いた。

「しょ、瘴気が凄い」

「瘴気？　そんなの出てる？」

ただ古くて外観がくたびれているだけだと思うけど。

中はちゃんと綺麗にしている。

「建物の構造はどうなってるの？」

「どうなってるのって言われても。食堂、キッチン、洗濯室、浴室、寮生の個室があって」

ついでにマミマミさんが寝ている森のダンジョンがあったり、きのこを栽培しているダンジョンもある。

「個室？　言っておくけど、鈴木くんの部屋には行かないから」

最初から頼んでないのに。

大体、僕の部屋に入ったら少なくともシズクがいる。最悪、異世界人もいる。

むしろ絶対入れたくない。

「それでいいよ。じゃあ行こうか」

「待って。すぐに入るのは危険よ」

危険も何も僕は毎日この中で生活してるんだけど。

「どうするのさ？」

「とにかくちょっと待って」

「何を待つのさ」

「えっと、その霊に対抗できる気を……」

「気？？？」

「いいから。ためるから待って」

世の中には僕のような極普通の高校生が想像もつかない世界もある。

異世界やダンジョンだってこの寮に来るまで存在を信じていなかった。

あるのか？　気も。

…………………。

…………。

……。

「あの……気、たまった？」

「ちょっと、話しかけるから集中できない」

「ご、ごめん」

どう見ても目をつぶって棒立ちしてるだけに見えるんだけど。

でも邪魔しないようにするか。

日が少し陰ってきた。

「30分ぐらい経ったよ」

「早く言ってよ」

「え？」

「ちょっと暗くなってきてさらに怖くなってるじゃないの？」

「えええええ？」

これから除霊をしようって人が怖がってどうする。

っていうか微妙に震えてるけど、もう初夏だぞ。

ひょっとして怖かったのか？

「早く終わらせて帰ろう。鈴木くん、先に行って」

立石さんは僕の肩に手を乗せて押しはじめた。

助けてくれるんじゃないの？

僕は盾なのか？　重要なことだから二度思ってしまうけど、盾なのか？

「あれ？　あやめちゃん、鈴木くん、どうしたの？」

急に声をかけられ振り返ると会長がいた。

あやめ？　ああ、立石さんの下の名前か。

「六乃宮先輩！　どうしたんですか？　こんなところで」

え？　立石さんって会長と知り合いなのか。

「だって私、ここの寮生だもん」

「えええ〜先輩はこんなところに住んでいるんですか！　幽霊が出るって噂ですよ」

噂？　あんな確信のように幽霊が出るって言っていたのに？

「幽霊？　幽霊なんか出ないわよ。私も鈴木くんもピンピンしてるじゃない」

「でも、鈴木くん凄いクマで。狐神さんも寮は危ないって言っていたし」

会長が僕の顔を見る。

「あ〜鈴木くんは毎晩毎晩いかがわしいことをしているから寝不足なのよ」

ダンジョン探索をそんな言い方しないでくれ〜！

「ちょっとその言い方は誤解されますって」

「そんなことより生徒会室の掃除はどうしたの？」

立石さんと狐神さんの幽霊騒ぎで完全に忘れていた。

「忘れてました。すぐ行ってきます！」

「夕食もあるんだから急ぎなさい」

走って生徒会室に戻る。

それにしても会長と立石さんはどこで知り合ったんだろう。

会長も全然友達いないのになあ。

生徒会室の掃除を終えて、学生寮に帰ってくる。

食堂のほうから楽しげな声が聞こえてきた。

中を覗くと立石さんはまだいるみたいで会長と談話している。

「あ、鈴木くん！　あやめちゃんも夕食食べていくって。彼女の分も作ってあげて」

「いいのかなあ？　それ」

「いいのいいの」

人には規則にうるさいのに、自分では破るのか。

会長が僕に耳打ちした。

「あやめちゃん、こはる荘に入るかもよ」

「なんだって！」

会長とも話したことがある。

こはる荘はともかく稼働率が悪い。

ぼろぼろだしね。

「このままだと廃止にさせられちゃうかもって言ってたじゃない」

「まあ先輩が卒業したら三人になりますしね。そして木野先輩も卒業したら、僕と美夕さんだけですし……」

いつ廃止されてもおかしくないという噂がある。

「あやめちゃん、一人暮らしいいなあって言ってたから気に入れば寮生になるかもよ」

「それなら腕をふるいましょう」

寮生になればさすがに友達になれるだろう。

「異世界人たちが来ないようにしといてよ」

「そうですね。わかりました」

自分の部屋に戻る。

「ご主人様、おかえりなさい！」

「ただいま〜」

白スライムのシズクが出迎えてくれる。

「今日はさ。ウチのクラスの立石さんがお客様として寮に来てるんだ」

「それはおもてなししなければ」

シズクはおもてなしという言葉にハマっている。

「でも日本にはモンスターがいないって話したろ」

「はい！　ご主人様の服になって学校に行った時もいませんでした」

「だからモンスターや異世界人を見たらびっくりしちゃうと思うんだ」

「わかりました！　部屋に隠れていればいいんですね」

「うん。ごめんね。せっかくおもてなししてくれようとしたのに」

「いいんです！　寮の仲間になってくれるといいですね！」

シズクは賢い。

すぐに理解してくれた。

しかし、すぐ理解してくれない人？もいる。

僕は美夕さんの部屋に行った。

「美夕さん、美夕さん！」

ガチャリとドアが開く。

「どうしたの？」

「ママミマミさんいる？」

「真神の間にいるんじゃないかな」

マミマミさんはニホンオオカミの神、真神……と本人が言っている。

真神の間とはダンジョンの中の森の階層だ。

「そっか。じゃあ美夕さんの押し入れのドアを開けなければマミマミさんは寮に来れないね」

「どうしたの？」

「ウチのクラスの立石さんが寮で夕食を食べるんだよ。だからマミマミさんを寮に入れないでね」

「ええええっ？」

同級生がいる寮があったら友達が遊びに来そうなものだが、ここの寮生はそろいもそろって友達がいないのだ。

「上手くいけば寮の稼働率が上がるかも！」

「凄い！」

「でしょ。僕は夕飯作ってくるね」

「うん」

美夕さんの部屋を出てキッチンに行く。

既に木野先輩がいた。

木野先輩は二年生の先輩だ。

ダンジョンで勝手にキノコを栽培していたキノコオタクだ。

髪型までキノコカットにしなくてもいいのに。

「やあ、鈴木氏（すずきうじ）」

「木野先輩。今日はお客様が来ます」

「お、お客様でござるか？」

「ウチのクラスの生徒で」

「あ～今、食堂で会長と話している女生徒？」

「です。僕のクラスの立石さんっていうんだけど、一人暮らしに憧れているって」

「おお。ならひょっとして寮の仲間に？」

「はい。ひょっとしたら」

木野先輩がダンジョンで栽培したキノコを切りはじめる。

普段より三割増しで気合が入っている。

よーし、僕も作りますか。

先輩のマッシュルームもあるから、今日はビーフシチューにしよう。

◆　◆　◆

「わ～すっごい美味しい！」

「ありがとう」

立石さんが僕のビーフシチューを褒める。

「このビーフシチュー鈴木くんが作ったの⁉」

いつもの寮生じゃない人に料理を褒められるとちょっと照れる。

「木野先輩が手伝ってくれたんだよ」

木野先輩も会長も褒めてくれる。

「ほとんど鈴木氏でござるよ」

「鈴木くんのご飯はいつも美味しいよ」

美夕さんもうんうんとうなずいている。

「ところで会長と立石さんって知り合いだったの？」

「うん。私、ジョナデリアでバイトしてるんだけど六乃宮先輩はバイト先でも先輩なの」

そういうことか。

それにしても会長はカラオケ屋のバイトもしていたぞ。

お嬢様なのに一体いくつ掛け持ちしてるんだ。

「私、友達がいないから寮の仲間が羨ましいなあ」

立石さんの言葉に寮生の全員がピクリと反応した。

「わ、私は友達じゃないの？」

会長が聞いた。

「先輩は先輩じゃないですか。友達なんて言ったら失礼ですよ～」

「そ、そう……」

会長は明らかに凹んでいる。

「僕は？」

「鈴木くんは男の子じゃない」

そ、そうですよね。

どうやらこの寮で生活している人は友達ができないという呪いにかかるようだ。

やっぱお祓いしてもらおうか。あれ？

「狐神さんは友達じゃないの？」

立石さんと狐神さんがいつも一緒にいるのは有名な話だ。

友達ではないんだろうか。

「私は友達になりたいんだけど、いつも寺と神社のことで喧嘩になっちゃって」

なるほどね。素直になれないってわけだ。

「お父さんは破～！ってできるけど、私は寺生まれなのに霊感なんか全然なくて。でも狐神さんに対抗しちゃうんだよね」

「まるで狐神さんは本当に霊感あるみたいな口ぶりだね。この寮に霊なんていないこと、わかったでしょ？」

「そうね～幽霊がいそうな気配なんて全然ないね～」

僕や会長が深くうんうんとうなずく。

寮に幽霊なんて出ない。

出てきて困ってるのは異世界人だ。

「でも狐神さんは明日の天気とか地震とか当てるんだよ？」

「へ～」

女子高生のゲームみたいなもんじゃないだろうか。

それを立石さんが信じているのだ。

けれど、こはる荘の悪い噂が立つからやめてもらおう。

「狐神さんは学生寮はこの世ならざる場所とつながっているって言ってたよ」

「え？　幽霊じゃないの？」

「私は幽霊のことかと思ったけど、違うみたい」

そういえば立石さんは幽霊と言っていたが、狐神さんは幽霊とは一言も言ってない。

この世ならざる場所って異世界のことなのか？

まさか異世界とつながっているって気が付いているのか？

第二章　九尾の狐？

「ほ～人間がの～」

「そうなんですよ。おっオオネズミだ。えいえいっ！」

夕食後、僕はダンジョンで日課のレベル上げをしていた。

お化けキノコをドクペの水鉄砲で枯らしたほうが効率がいいが、もはや僕にとってダンジョンでのレベル上げは趣味だ。

実益になる趣味、本物のダンジョンでいつでも冒険できるようになった今、ゲームで遊ぶ意欲はなくなってしまった。

友達ができた時に話が合わなそうだ。

金属バットでオオネズミを叩きながらマミマミさんと話す。

「今の日本に住む人間ごときにこの寮の秘密がわかるとも思えんがな」

「でも天気とか地震とか当てるらしいですよ」

「昔から祈禱（きとう）の類（たぐい）のほとんどが眉唾（まゆつば）よ」

マミマミさんの存在も十分嘘くさい。

ニホンオオカミの神様でフェンリルの親戚とか。

「まあマミマミさんの言うように、こはる荘には幽霊が出るって言われてるから、それで話を面白おかしくしてるだけなのかな」

「え？」

マミマミさんが小さくてトーンの低い声を出す。

いつも大きな声だから逆に気になる。

「どうしました？」

「……こ、こはる荘って幽霊が出るのか」

「噂ですよ」

「幽霊怖い〜」

マミマミさんが頭を押さえながら丸くなる。

「え？　幽霊が怖いの？」

「幽霊怖いよ〜」

マミマミさんが住んでいる階層には魔王クラスが雑魚で出てくるんだろ？

「嘘ですよ。幽霊なんか出ないですって」

「嘘か！　驚かすな！」

「幽霊なんてマミマミさん怖くないでしょ。神様なんだから」

「神は実際にいるが、幽霊はいるかいないかわからんではないか！」

納得できるような、納得できないような。

とりあえず狐神さんに話を聞いてみようか。

立石さんが友達になりたがってたことも教えてあげたいし。

授業が終わる。

それぞれの生徒が部活に向かったり、家路につく。

早く話しかけないと狐神さんが帰ってしまう。

「こ、狐神さん」

言葉をつっかえてしまったが、友達のいない僕にとっては上々だろう。

「何？」

「こはる荘がこの世ならざる場所とつながってるって話を詳しく聞きたくて」

僕がそう言うと狐神さんはニヤリと笑う。

「立石さんが祓ってくれるんじゃなかったの？」

「それが立石さんは霊感なくてさ」

狐神さんはうんうんとうなずいている。

「あの子、まったく霊感がないのよねえ。むしろアレだけない子は珍しいぐらい」

知っていたのか。まるで自分は霊感があるかのような言いぶりだ。

「それで私の話が聞きたいの？」

「是非」

「なら私についてきて」

「え？」

「ここでは話せないというか、ここで話しても信じてくれないだろうから」

どういうことだろう。

狐神さんはスタスタと歩いていく。

ともかくついていくことにした。

玄関で外靴に履き替えて外へ。

「え？　どこ行くの？」

「神社」

「神社？　神社で何するのさ？」

「言葉で説明しても信じてくれないでしょうから」

まったく理解不能だ。

立川の街を狐神さんと歩く。

無言は辛いから話しかけてみようか。

「立石さん、狐神さんと友達になりたいんだってさ」

「あら？　今まで友達じゃなかったのかしら？　私は友達かと思ってたわ。鈴木が立石さんにそう伝えてくれない？」

「だよね。わかった」

狐神さん……大人だな。

神社にこだわりがあるだけかもしれない。

寺に対抗心を持たれるのはちょっと困るけど。

「着いたわよ」

いわゆるお稲荷さんというタイプの神社だろうか。

狛犬ではなく狐の像と赤い鳥居がある。

しかし、小さい。

鳥居は一つしかなく、小さなお堂があって小さな賽銭箱があるだけだ。

お堂には人が入ることもできないだろう。

どうしてここに来ると狐神さんの話を信じられることになるんだろう。

ひょっとすると凄く立派な神社に案内されてその権威で信じさせてくれるのかとも思ったが、逆効果だ。

「あ、あのさ」

「ちょっと待って」

狐神さんが鳥居を触る。

「え？」

その瞬間、鳥居の向こうがすすき野になった。

しかも、すすきは秋のように黄金の穂を垂らしている。

い、今は初夏だぞ？　それにお堂はどこに行ったんだ？

ひょっとして異世界なのか？

「ほら、入って入って」

狐神さんに背中を押される。

「わっわっちょっと」

鳥居をくぐらされると、そこは一面のすすき野の野原になっていた。

いや、一面なんて言葉では言い尽くせない。

見渡す限り地平の果てまで黄金の絨毯が続いていた。

「どーなってるの？」

「コンコンコン。驚いた？」

声の方向に振り向くと巫女姿の狐神さんが立っていた。

だが、何か変だ。

コンコンコンって笑い方も巫女服なのも変だけど。

「し、尻尾が生えてる？」

「コンコンコン。九本あるよ」

尻尾が九本？

どこかで聞いたような。

◆　◆　◆

「コンコンって狐？　尻尾が九本？」

九尾の狐⁉　まさか妖狐⁉

「コンコンコン。鈴木、何を震えているの？」

狐神さんが妖しく笑う。

妙な色気がある。

やはり伝説通り……。

「こ、狐神さんは有名な妖怪だろ？」

「妖怪⁉　失礼な！」

巫女服を着て九本の尻尾を生やした狐神さんはプンプンと怒っている。

「え？　妖狐とか九尾の狐とか有名な妖怪じゃないの？」

「だったら九本の尻尾なんてわざわざ見せないよ。隠すことだってできるんだから」

尻尾が巫女服の中に消えていく。

「じゃあ、なんで見せてたのさ」

「尻尾の数は狐の格だからに決まってるでしょ」

「ほら、やっぱりだ。妖狐なんだ」

ゲームや漫画では九尾の狐は大妖怪になっていることが多い。

「どうせオタク的な文化の中での私の扱われ方を見て誤解しているんでしょ？」

「うっ」

図星を突かれた。

「これでもはるか昔は瑞獣（ずいじゅう）とされてたのよ」

「ズイジュウ？」

「瑞兆、吉兆と言ったほうがわかりやすい？　良いことが起きる時に現れる霊獣のことよ」

「ほ、本当か？　僕を殺したり、食べたり……ろ、籠絡（ろうらく）するつもりじゃないか？」

「しない！　寮のことで忠告してあげようと思ったのに！」

「ちゅ、忠告？　あっ！」

そういえば、寮がこの世ならざる場所につながっているって話を聞くためにここに来たんだった。

信用していいんだろうか。

昔話で狐に化かされた話とか聞くことあるし。

けれど疑ったところで僕に確かめる方法はない。

ここは騙されているフリをしといたほうが安全なんじゃないだろうか。

「わ、わかった。信じるよ。寮のことを話してくれるんでしょう？」

「コンコンコン。わかればいいのよ。教えてあげる」

コンコンコンという笑いが戻った。

機嫌も回復しているといいけど。

寮のことを聞く前に強い仲間がたくさんいる寮に帰りたいよ。

「まず私はさっきまでの美奈(みな)じゃない」

「みな？　ああ」

狐神さんの下の名前だったかな。

確か狐神美奈という名前だった気がする。

でも、どういうことだ？

「私は美奈に取り憑いて……いや、体を借りているの」

今、取り憑いたって言わなかったか？

「体を借りているってどういうこと？」

「美奈の体を借りてるのよ。ちゃんと本人に許可を取ってね」

「なるほど。狐の霊みたいな感じですかね」

コックリさんとかで使うやつだろうか？

「精霊って言って！」

「わかりました。九尾の狐の精霊ですね」

狐神さんに取り憑いた九尾の狐さんが自慢げなドヤ顔をした。

狐神さんより子供っぽいな。

「そしてここは幻界よ」

「幻界？」

「私の精神世界ね」

「夢の世界みたいな感じですか？」

「賢いわね」

ゲームとか漫画でなんとなくありそうな世界だ。

「このすき野は狐さんが好きな風景ってこと？」

「コンコンコン。そういうこと」

やばい世界に閉じ込められたんじゃないのか？

こういう場合、ゲームとか漫画だったら本体が弱点だ。

「ところで本体はどこにいるんですか？」

「さ、さすがね。本体は封印されてるの」

「へ、へ～」

本体が封印されてるのかよ。

やっぱり悪さしたんじゃないのか？

「精神は美奈に封印されていて、本体の体は殺生石(せっしょうせき)に封印されてるから助けてほしいの」

寮について何か忠告してくれるって話だったのに、助けてほしいっていう話なのか？

「ちなみにアレが殺生石だよ」

指差す方向を見ると大きな石がある。

見た目はバスケットボールぐらいのただの石なのだが、明らかにただならぬ霊力を感じる。

「でも、なんで精神世界に封印された殺生石があるの？」

「本物は神社のお堂の中にあるのよ。アレは、現実世界ではあそこにあるっていう〝目印〟みたいなものね」

「ああ、なるほど」

確かにそんな距離感だ。

それにしても……。

「りょ、寮のことで忠告があるんじゃなくて？」

僕がついてきたのは寮のことを教えてくれるって話だったからなのに。

「教えるよ。教えるけど先に助けてほしいの」

「助けてと言われてもどうすればいいのさ」

「アナタの寮から凄い力を感じるわ。どこか別の世界に通じてるはず」

うっ。

寮が異世界につながっていることを気が付いているのか。

「別の世界にはきっと封印の解呪ができる誰かがいる。ここに連れてきて」

封印の解呪ができそうな誰か、か。

マミマミさんかディートならできそうな気がする。

でも、封印されている九尾の狐なんか解放していいのだろうか。

◆　◆　◆

「ただいま〜」

「おかえりなさい！　ご主人様！」

部屋に戻るとシズクがおかえりなさいを言ってくれる。

何も言ってくれないマミマミさんが畳で寝そべりながらゲームをしていた。

相変わらずYシャツとパンツ一枚だ。

服装をなんとかしてくれとか、勝手に寮に来ないでくださいとか、突っ込みたい気持ちを抑える。

何故なら今は教えてほしいことがあるからだ。

「あの〜マミマミさん」

「……」

マミマミさんはテンニンドーのスオッチのゲームの画面に集中していた。

パンツが見えようがお構いなしだ。

まあまだ少女にもなっていない体だが。

「ちょっとゲームを休憩して僕の話を聞いてくれますか？」

「あ〜死んだ。話しかけるから」

「マミマミさんは九尾の狐って知ってますか？」

「知っているに決まっとろうが」

知っているのか。

「なんか九尾の狐が殺生石に封印されたから助けてほしいって言ってるんですけど」

「なに～九尾の狐が？　ぶはははははは」

マミマミさんが笑い出す。

「何がおかしいんですか？」

「何を言い出すかと思えば。どこでそんな話を吹き込まれたんじゃ。腹が痛い。い～ひっひ」

畳の上を転げ回って笑っている。

「もう。そうやって馬鹿にして」

「いや、すまん、すまん。九尾の狐の力は我々のような神に近い。一介の人間であるトオルに助けなど求めるかの～ひひひ」

「神？　マミマミさんぐらい力が強いってこと？」

「神にも格がある。ワシほどではなかろう」

「へ～」

神様ねえ。

マミマミさんも狐神さんも神っぽくない。

機嫌が悪くなると面倒だからこれは言わないでおこう。

「まあ四、五本の尻尾を持つ狐がお前を騙そうとしてるんじゃないか？」

「四、五本の尻尾の狐？」

「数百年ぐらい生きた狐がたまに少しだけ力を持つ。トオルが会ったのはそれだろう」

「え？　数えたら九本ありましたよ」

尻尾の数は確かに九本だった。

見せつけられて数えたのだから。

「幻覚を見せられたんだろう。ワシでも九尾など見た記憶がない」

幻覚か。そうかもしれない。

「幻界とかいう精神世界に連れていかれましたが」

「そこからして嘘じゃな。幻界を作るには七か八は尾を持つ狐でないとな」

「だから本物なんじゃ？　実際に変な世界に連れていかれたし」

「九尾の狐などそうそういない。神じゃぞ。神たる威厳はあったか？」

「ないけど」

「じゃろ」

マミマミさんにも神様の威厳なんてないけどなあ。

「僕は騙されたってことか。悪い狐なんですか？」

「悪いって。からかっただけじゃろ？」

「からかうってことは悪いじゃないですか？」

昔話なんかでも狐に化かされるとか、そんな話を聞いたことがある。

「お前が不思議な術を使える賢い動物だったとする。周りには術も使えないのに自分たちが一番賢いと思ってる猿がのさばっていたら、からかいたくならんか？」

「なるほど……確かに」

マミマミさんは人間に辛辣な時がある。

しかし、言っていることは確かにその通りだ。

「狐も人間も悪い奴の割合はそう変わらんよ。むしろ狐のほうが少ないんじゃないか？」

「やっぱりからかわれただけか」

「九尾なら人間に助けなど求めないし、九本の尻尾を隠す。見せられたのはむしろからかわれた証拠だ」

そうなのかな～。

本当に九尾が困っている気もするけど。

あ、そうだ。肝心なことを聞き忘れていた。

「殺生石に封印されたのが本当だとして、マミマミさんなら封印を解ける？」

「ん～多分できんかな」

「え？　そうなの？」

当然できるものかと思っていた。

だって神様なんだし。

「やり方がわからん」

「それ、できないってことじゃん」

「違う！　ワシには力はある。やり方さえわかればできる！」

マミマミさんが口を尖らせて反論する。

「つまり普通の人じゃやり方もわからないし、やり方がわかってもパワー不足でできないってこと？」

「そういうことじゃ。まあ殺生石を見ればできるかもしれん。叩き割ればいいだけかもしれんし」

「そんな乱暴な」

ドヤ顔をしてるけど、結局できないんじゃないか。

その前に狐の精霊が九尾かどうかもわかんないしなあ。

どうする？

マミマミさんを連れていこうか。

九尾かどうかぐらいはわかるかもしれない。

けどな〜マミマミさんを寮の外の日本の街に連れていってもいいものか。

巨狼の姿になるなとか基本的なことは教えるつもりだけど、ともかく常識がない。

万が一、九尾の狐と巨狼が妖怪大戦争にでもなったら立川が崩壊してもおかしくないぞ。

そうだ。今日はあの二人が来る日じゃないか。

セカンドオピニオンとして話を聞いてみようか。

◆　◆　◆

美夕さんとダンジョンの部屋を模様替えする。

僕の寮の部屋からふすまを開けて、そこにある扉を開けるとダンジョンなのだが、そこはやはり部屋のような構造になっている。

その部屋を異世界の仲間たちの憩いの場、休憩所にしようとしている。

ダンジョンの奥側からは勝手に入ってこれない扉も付いているしね。

「学校で廃棄されたパイプ椅子や机を置いてと。電気が通ってればねえ」

「木野先輩のキノコ栽培部屋の電気はどうしてるの？」

美夕さんが僕に聞いた。

「先輩は電気なんて使ってないんじゃないかな」

キノコに電気はいらないのかもしれない。

そんなことを考えていると。

――トントン

扉をノックされる。

「お、来たかな」

扉の横にあるボタンを押す。

扉がガガガと上がっていき、黒い三角帽と黒マント、剣に鎧の女性の姿が現れる。

ディート、リアだ。

二人は真神であるマミマミさんを人狼という危険なモンスターと勘違いして退治しようとしたことの償いに、食料になる魔物をお供え物として定期的に持ってくることになっている。

「やあ、ディート、リア」

僕が挨拶をするとディートとリアが顔を見合わせる。

「あれ？　今日はお出迎え？」

「珍しいですね。というか初めてかも」

「え？　そう？」

今まで出迎えていなかったかなあ。

「いつももっとおざなりな対応だけど？」

考えてみるとディートの言う通りかもしれない。

寮の仕事が忙しいのだ。

僕は親なしで働く高校生だから仕方ない。

「そ、そんなことないよ。さあ、どうぞどうぞ。座って」

「なんか気持ち悪いわね」

錆が浮いて捨てられていたパイプ椅子に二人を座らせる。

捨てられた学校の備品もダンジョンルームでは大活躍だ。

「美夕さん、お客様にコーラとポテチをお出しして」

美夕さんがコクコクとうなずいてコーラとポテチを取りに行く。

「コーラとポテチ！　私、大好きです！」

リアが喜ぶ。

「私はニホーンのお酒がいいんだけどな～」

くっ。ディートめ。遠慮がまったくない。

「学生寮にお酒なんてないよ」

「この前、飲ませてくれたじゃない」

「あれは料理酒をディートが勝手に飲んだだけじゃないか」

「む～」

いかん。

機嫌を損ねたら狐神さんの件を協力してくれなくなる。

「今度、買ってくるよ。今度ね」

「ホント？　やった～」

高校生でも買える料理酒なんて美味いんだろうか。

そうこうしているうちに美夕さんがコーラとポテチを持ってきてくれた。

捨てられていた学習机の上にコーラを注いだコップを置いてポテチを広げる。

酒のほうがいいと言っていたディートも嬉しそうにパクついている。

「私、コンソメ味よりカラムーチョスのほうが好きなんだけどな」

美味しそうに食べてるのに文句を言っている。

このエルフはとりあえず最初に文句を言うタイプらしい。

ってか、なんでエルフがカラムーチョスを知っているんだよ。

まあいい。目的を果たそう。

「ところでちょっと二人に聞きたいんだけど、狐の精霊って知ってる？」

「何それ？　アリア、知ってる？」

「聞いたことないですね。わかりません」

言い方が悪かったのだろうか？

「じゃあ九尾の狐って知ってる？」

二人のコーラを飲む手とポテチを運ぶ手が止まる。

「きゅ、九尾の狐ですって⁉」

「た、大変です！」

た、大変ってどうしたのだろうか。

「何が大変なのさ？」

「前に人狼は村を滅ぼすって言ったでしょ？」

ディートが机を平手で叩きながら立つ。

「そんなことも言っていたね」

二人はマミマミさんを人狼と勘違いして攻撃したのだ。

その人狼は人間に紛れ込み村を滅ぼすという。

「人狼が村を滅ぼすモンスターなら、九尾の狐は国を滅ぼすモンスターよ」

「ええぇ？　国？」

話した感じではとてもそんな危険なモンスターには思えなかったけど。

「モンスター狐は尾の数で危険度がわかります。九本は一番数が多くてもっとも危険です」

リアの説明は真剣そのものだ。

「九本の狐の力がもっとも強いとは聞いていたけど」

「強いというよりも危険です」

「というと？」

「九尾は美しい女性の姿で現れます」

「へ～」

まあ美人ではあったか。

ただ、僕が知っている九尾は狐神さんの体に取り憑いてるから狐神さんがベースになっている。

九尾の時も雰囲気が変わっているだけだ。

笑い方とか。

「そして権力者に取り入って悪政に導きます」

「ど、どういうこと？」

「そうですね。ニホーンで例えるなら、偉い人のお嫁さんになって偉い人に悪い政治をさせるんです」

「マ、マジかよ」

こ、怖！　日本にもう何匹か入ってるんじゃないか？

冗談はさておき、単純に力で人間を襲うというわけではないのか。

そういえばそんな話を聞いたことあるぞ。

そもそも九尾の狐って日本のゲームや漫画に出てくるわけだから、神話や伝説があるのかもしれない。

後でインターネットでも調べてみようか。

「で、トールはどうしてそんなこと聞いてきたの？　九尾の狐を見たの？」

ディートが身を乗り出す。

本当のことを話そうか？

ディートとリアは冒険者として危険なモンスターを狩る仕事もしているらしい。

教えたらすぐに日本の街に向かいたがるんじゃないだろうか。

「い、いや～そういうモンスターが日本のゲームにいるから、そっちの世界にいるのかなって」

「あ～ゲームね」

ディートは納得してくれた。

ゲームや漫画に出てくるようなモンスターは異世界に実際にいる場合が多い。

単純な興味でディートやリアに聞くことがある。

上手く誤魔化せたようだ。

「もし九尾の狐を見つけたら教えてくださいね」

「うん。その時はお願いするよ」

「はい！　私たちでも退治できるかわからないけど頑張ります！」

いつものようにリアの返事は元気だけど、勝てるかどうかはわからないのか。不安だな。

◆　◆　◆

ディートとリアが来る日は、ダンジョンのマミマミさんの居住区である真神の間でＢＢＱ(バーベキュー)をすることが多い。

今日も日本人と異世界人とモンスターがごっちゃになって参加している。

会長も異世界人が日本の寮に来るのは嫌がるが、日本人が異世界に行ってＢＢＱする分には文句を言わない。

今もマミマミさんと争うように魔物肉の串焼きを食べていた。

「レイコ～、もっともぐもぐもぐ」

「レイちゃん、お肉」

「トオルくん。マーちゃんと姫子先輩がもっと肉を食べたいって」

「はーい」

僕はコックで美夕さんはウェイトレスかよ。

……いつか、こじんまりとした、そんな店を開いてもいいかもしれない。

美夕さんは賛同してくれるだろうか？

味塩こしょうでモンスターの肉を味付けしてガンガン焼く。

妄想していても手は動いている。

他の皆はお腹一杯という様子だが、マミマミさんと会長はなかなかお腹一杯になってくれない。

「トオル！　普段より味付けが薄いぞ！」

「す、すいません。マミマミさん」

「鈴木くん、私はこれぐらいの味付けで」

「は、はい。会長」

今のマミマミさんは巨狼の姿ではなく幼女の姿だ。

幼女の体のどこにあんな量の肉が入るのだろうか。

それは会長も同じか。

マミマミさんにはさすがに少し劣るけど、よく食べる。

ううう。電波が通じる日本に戻って、早く九尾の狐について検索したいんだけど。

やっとＢＢＱが終わって片付けをしてから寮に戻る。

自室の畳の上に寝っ転がってスマホをいじった。

「九尾の狐っと」

へ～中国神話の生物なのか。

ふむふむ。

「その姿が確認されることが太平の世や名君がいることを示す瑞獣」

ここまでは狐の精霊さんが言っていたことと一致する。

さらに読み進める。

「なになに……日本の古い法律書にも九尾狐の記述があると。神獣なり、その形赤色、或いはいわく白色、音嬰児の如し」

ふーむ。こちらはマミマミさんの言う通りかな。

神と神獣は同じ意味で言ってるんだろう。

赤色か白色で声は赤ちゃんのようってことかな。

狐神さんに取り憑いているからわからないけど、本当はそういう姿なのかもしれない。

「トオルくん。ここ見て」

ＢＢＱの片付けを手伝ってくれて一緒にいた美夕さんが僕のスマホを指差す。

美夕さんにだけは既に一連の事件を話している。

「なになに。一方では殷王朝の妲己(だっき)や日本の玉藻前(たまものまえ)のように美女に化けて人を惑わす悪しき存在としても語られる。げっ。ディートやリアが言っていたことと同じだ……」

妲己、玉藻前の項目は別のページに説明の文章が大量に書かれている。

特に妲己は僕でも知っている。

「妲己は少年漫画で悪役キャラとして登場してるね」

「私も知ってる」

そんな悪い人にも見えなかったんだけどなあ。

「良い存在って伝説と悪い存在って伝説が両方あるね」

美夕さんがまとめてくれた。

正直、触らぬ神に祟りなしということわざが思い浮かぶ。

「どうするのトオルくん？」

「まあマミマミさんでも封印は解けないらしいし、今のところは何もできないかあ」

とりあえず様子を見るしかなさそうだ。


授業中、狐神さんと目が合った。

日本人である狐神さんと九尾の狐の精霊は別人格、と本人は主張している。

狐の精霊が僕にした話を狐神さんは知っているのだろうか？

幻界で狐の精霊に会うより、学校で狐神さんから話を聞いてみるほうが安全かもしれない。

でも僕は男の友達すらいないコミュ障なのだ。

女生徒に話しかけるのは難しい。

「起立。礼」

午前の授業が終わった。

「ううう。せっかく安全に情報を得る方法を思いついたのにどうすればいいいんだ」

休み時間には突っ伏して寝たフリをするしかない。

「鈴木」

「え？」

顔を上げて声のするほうを見る。

「狐神さん」

狐神さんのほうから僕の座席に来て、話しかけてくれたようだ。

「上手くいってる？」

これは確実に封印を解くことを言っているよな。

狐神さんと狐の精霊は通じているようだ。

「うん。まあ」

色々聞きたいが。

「その、ちょっと、教室ではさ」

「そうね。ちょっと来て」

狐神さんが僕の腕を取る。

「なになに」

僕は引きずられるように教室から出ていく。

瀬川くんの驚いた顔が目に入った。親しげに見えたのだろうか。

廊下、階段と上へ上へと連れていかれる。

最後の階段の上に鉄のドアがあった。

「ここならいい？」

この学校は返しがついた高いフェンスに囲まれてはいるが、珍しく屋上を開放している。

見上げると空がどこまでも高く広がっていた。

「屋上……」

人はまばらで風の音もある。

「で、封印を解けそうな人は見つかった？」

「狐神さんは全部知ってるの？」

「うん。コンちゃんに聞いているから」

「コンちゃん？」

「狐だし、コンコンコンって笑うでしょ？」

「あ～」

笑い声からコンちゃんか。

美夕さんもマミマミさんをマーちゃんと呼んでいる。

女の子はそういう名前のつけ方が好きらしい。

「それで？」

「それでって？」

「封印を解ける人は上手く見つけられたの？」

「あ～……」

狐の精霊もといコンちゃん、いやコンさんと言うべきか。

狐神さんはコンさんの封印を解いたほうがいいと思っているのか？

そういえば。

「狐神さんはいつからコンさんに取り憑かれてるの？」

「先にこっちの質問に答えてよ。それに取り憑くって言い方はなんなのよ」

「本人が言ってたんだよ。取り繕っていたけど。封印を解ける人は今探し中だよ」

「さっき上手くいってるか聞いたら、うんって言ってたじゃない」

「あ〜ごめん」

狐神さんはコンさんの危険性を感じていないんだろうか。

「僕にも教えてよ。コンさんはいつから取り憑い……狐神さんの中にいるの？」

「物心ついた時にはいたわよ」

「え？」

「前はお母さんの中にいたの。私が生まれた時に継承されたの」

「そんな伝統的なものなの？」

「お母さんの前はおばあちゃんよ」

「へ、へ〜」

狐の精霊を代々引き継いでいたのか。

「ウチは代々女系なの。お父さんもおじいちゃんも入婿だしね。コンちゃんは生まれたときから
ずっと一緒の最高の友達よ」

「そうなんだ。立石さんは？」

「……別に友達じゃないわ」

大人っぽい雰囲気の狐神さんが急に子供っぽくなる。

立川の街を一緒に歩いていた時、コンさんのほうは友達という認識だって言ってたんだけどな。

まあ今はコンさんについての話を先に聞こう。

「コンさんがそんな最高の友達ならずっといてもらったら？　なんで急に封印を解きたいって」

「コンちゃんが言ってるのよ」

「おばあちゃんもお母さんもずっと一緒にいたのに」

「そうなの」

狐神さんは少し寂しそうだ。

彼女にとってはずっと心の中にいた別人格の友達がいなくなるような感覚なのかもしれない。

「でも、なんでだろう？」

「何が？」

「おばあちゃんの時もお母さんの時も中にいたんだろ？　その時は封印を解こうとしなかった
の？」

「そんなこと知ら……ごっほごほ」

狐神さんが急に咳き込む。

「だ、大丈夫？」

「ごほごほ。大丈夫よ。風邪みたいなの」

ただの風邪だろうか。

かなり辛そうだ。

「インフルエンザが流行ってるし、そういうのじゃないの？」

「平熱よ。病院も何回か行ったし。なんともないって」

「そうなの？」

「だから風邪よ。多分」

「でも風邪なのに平熱……」

顔色もなんだか悪いけど。

「咳風邪かアレルギーかもね。話をコンちゃんに戻すと、おばあちゃんやお母さんの時はずっと中にいたんだけど今は出たいんだって」

何か理由があるのだろうか。

「封印が解けそうな人を見つけたら教えてね」

「わかった。教えるよ」

「ホント？　約束ね？」

狐神さんの目は真剣そのものだ。

「う、うん」

つい教えると返事をしてしまう。

「ありがとね」

「あぁ」

狐神さんはフラフラと屋上を出ていった。

僕は屋上のコンクリートの上に座り込む。

どうしよう？

約束してしまった。

探さないという手もある。

見つけられなければ嘘をついたことにはならない。

「お昼、食べないんですか？」

学生服から声が聞こえる。

学生服の一部がスライムの顔になる。

周りを見ると少し離れたところでは生徒がお弁当を食べている。

「シズク……お腹減った？」

白スライムのシズクはたまに学生服になって僕と一緒に学校に行っている。

「いいえ。でもご主人様が食べないから……」

「ちょっと考え事していてね」

「コン様のことですね」

「うん」

コンさんは悪い存在には見えなかった。

狐神さんも真剣に解放をしてあげようとしている。

九尾の狐は騙すっていうから、僕や狐神さんも騙されているのかもしれないけど……。

「ご主人様は本当は助けてあげたいんですね！」

「え？」

シズクの言う通りだった。

気持ちとしては助けてあげたい。

縁あって知り合ったモンスター（？）とクラスメイトが助けを求めているのだ。

けれども九尾が悪い存在だったら……大変なことになってしまうのではないかと躊躇している。

「シズクの言う通りだよ。でも、もし悪いモンスターだったら」

「大丈夫ですよ！」

シズクは自信満々に大丈夫と言う。

どうしてだろうか？

「大丈夫ってコンさんが良いモンスターだから？　シズクは良いモンスターだけど……」

シズクが良いモンスターだからってコンさんも良いモンスターとは限らない。

「違います！」

「違う？　ならどうして大丈夫なの？」

「何かあっても皆が助けてくれますから」

「あっ」

「美夕様も会長様も木野様もマミマミ様もディート様もリア様も私も！」

そうだ。

僕には頼りになる仲間がいることを忘れていた。

第三章　人を探して異世界へ

今、僕の部屋には美夕さん、会長、木野先輩、マミマミさん、ディート、リア、シズクがいた。皆が助けてくれるからといって、先走って悪い結果が出た後に助けてくれれでは虫が良すぎるだろう。

「というわけで、僕はコンさんを助けたいと思うんだ」

「そうか。トオルが助けたいならやってみたらよかろう。もし、万が一、性根の悪い狐ならワシが焼入れしてやる」

マミマミさんが笑う。

一昔前のヤンキーのような発言だけど、ありがたい。

これで最低限の保険はかけることができた。

国を滅ぼすという狐のモンスターと、フェンリルの親類である巨狼の大戦争はできれば見たくないけど。

「……そう。マミマミ様がそう言ってくださるなら私も協力したいけど」

ディートがつぶやく。

歯切れが悪い。

できない、と続くのだろうか。

「できないの？」

「だって……私は殺生石に封印されているモンスター狐の本体の封印を解く方法なんて知らないもの」

「え？」

「何？　いくら私だってなんでも知ってるわけじゃないわよ」

「ディートはなんでも知っているじゃないの？」

「知らないって」

ディートは異世界絡みとか不思議議絡みのことならなんでも知っていると思っていた。

一時期、僕のダンジョン探索の先生をしてくれていたから、そう思い込んでしまったのかもしれない。

約束したのにどうしよう。

頭を抱えていると、リアが言った。

「でもディートさんなら封印を解く方法を知っている人は、知っているんじゃないですか？」

「おお」

「ディートさんは人付き合いは凄く悪いけど、すっっっごく長いこと冒険者をされてますから実力のある人に顔は広いですよ」

リアが無邪気な笑顔で言う。

ディートって何歳なんだろう。

「人付き合いが凄く悪いのも、すっっっごく長いこと冒険者しているのも余計よ！」

ディートがリアをにらむ。

「ご、ごめんなさい」

もともとディートとリアは、僕たちと出会う前は一緒に冒険をすることはほとんどなかったらしい。

ディートとリアは強力なモンスターを狩る時だけ、パーティーを組む。

僕たちと会った時は、人狼と勘違いをしたマミマミさんを倒そうと組まれたパーティーだった。

戦士と違って魔法使いはパーティーを組むのが前提なのに、ディートは誰とも組まないでダンジョン探索するので一人魔法使いとか言われているとか。

「まあ目星は一人つくけど」

「さすが」

すっっっごく長く冒険者しているだけはある。

「じゃあ、会いに行く？」

「え？　連れてきてくれるんじゃなくて？」

「ニホーンに連れてくるの？　このゲートを教えるの？　トールが封印を解いてもらうように直接説得して納得してから来てもらったほうがいいんじゃない？」

「あ、そうか」

異世界人に広めるのはリスクが大きいか。

「それにアイツはもうダンジョンに潜ってないし、ブーゴ村ってとこで畑耕してるから」

「それって、異世界の地上にある村？」

「そりゃね」

異世界の村なんか行ったことないぞ。

でも人に会うなら異世界の町や村に行かないといけないのは当たり前か。

「それって遠いんじゃないの？」

会長が聞いた。

そうか。何日もかかるかもしれない。

「いない間、寮の仕事は私たちが代行してあげるけど、学校をサボるのはダメよ」

会長の言うことはもっともだ。

「ですよね。ディート、何日ぐらいかかるの？」

「そうね。急げば2日ぐらいかしら」

「往復だと」

「4日ね」

「4日なら！」

ちょうど、4連休がある。

祝日とか振替休日が重なったのだ。

「案内してあげてもいいわよ。どうする？」

ディートが案内してくれるのか。

なら……。

「ありがとう。行くよ」

◆　◆　◆

屋上で狐神さんと話す。

「というわけで、今日学校から帰ったら連休を利用してブーゴ村に行ってくるよ」

「コンちゃんのために外国にまで行ってくれるなんて。ありがとう」

「いや、外国っていうか……なんでもない」

「？」

狐神さんはコンさんから異世界のことは聞いていないのかもしれない。

それならそれでいいか。

心配なのは。

「ねえ。狐神さん顔色悪くない？」

「ん？　……大丈夫。風邪がまだ治ってないみたいで。熱はないのよ」

「そっか。それならいいけど。コンさんは何か言ってない？」

「鈴木に感謝してたわ。本当にありがとね」

真っ白な顔で感謝される。

体調のことを聞いたんだけどな。

昨日は学校も休んでいたし、大丈夫だろうか。

最終的にはマミマミさんやディート、解呪ができる人も含めて狐神さんの様子を見てもらったほうがいいかもしれない。


「ただいま～」

「おかえりなさいご主人様」

「あ、帰ってきたの？　おかえり～」

寮のドアを開けるとシズクが玄関で迎えてくれた。

奥の和室からは気だるそうなディートの声が聞こえる。

和室に入ると布団に包まるディートがいた。

「やっぱニホーンの布団は最高ね」

「はいはい。時間がないから行くよ」

学生服を脱ぎ捨てて動きやすそうな私服に着替える。

昨日準備しておいたリュックサックを背負う。

手には金属バットで出発だ。

「ふっふっふ。ちょっと待ちなさい」

ディートが笑う。

「何さ？　あまり時間がないんだから早く布団から出て」

「ふっふっふ」

ディートが布団に入ったまま、中から棒のようなものを出す。

「な、なんだそれ」

「ふっふっふ」

「変なものじゃないだろうな？」

「変なものって何よっ！」

それはまだまだ長いようで布団の中からどんどん出てくる。

「そ、それって」

「驚いたかあ」

「剣？」

鞘に収まった剣が出てきた。

「しかも、イール国の鋼だから斬れるわよ～。トールに買ってきてあげたの」

ディートが鞘から剣を抜く。

「あ、ありがたいけど剣は寮に持ち込まないで」

「え～どうしてよ」

「日本には銃刀法って法律があってね。多分そんな剣を持っていたら捕まっちゃうよ」

「そ、そうなの？」

「うん。ダンジョンの僕の部屋に保管しといて。それに……」

「？」

僕は鋼の剣と金属バットを持ってダンジョンの部屋に行く。

そしてステータスを見た。

「やっぱり」

「どうしたの？」

「今ステータスを見てたんだけど、金属バットのほうがこの鋼の剣よりも攻撃力が高いよ」

「えええええ？」

日本のアイテムは異世界だと不思議な効果を発揮するものも多い。

金属バットはかなりの攻撃力があったから、そうじゃないかなあと思っていた。

他にも毒消しのコーラなどがリュックには入っている。

「気持ちはありがたいけど、鋼の剣は置いておくね」

「ふん！　トール嫌い！」

「えええ？　なんで？」

その時、学生服に変身していたシズクが体の一部をイヤホンにして僕の耳にくっついた。

有線だが細くなったシズクの体が僕の背中をはっているのでディートにはバレていない。

「そこは剣を持って言ったほうがよかったかもしれませんね」

「そうなの？」

「はい！」

シズクとはこうやって人にバレずに会話できる。

僕はコミュ障のところもあって、女の子を怒らせてしまう時がある。

だから会話の指南をしてもらうのだ。

「今からでも剣を持っていくって言ったら機嫌直るかな」

「ディートさんには有効だと思います」

「ありがとシズク」

「はい！」

僕は置いた剣を再び手に取る。

「でも、剣と金属バットの二刀流にしたらいいかもしれないな」

「二刀流？」

「異世界には二刀流の剣士っていないの？　日本にはムサシミヤモトって剣豪が……」

「短剣なら結構いるけど。でも初心者には難しいわよ」

鞘から剣を抜く。

そしてＶＲＭＭＯに閉じ込められた某ラノベ黒主人公のような二刀流ポーズを決める。

「鋼の剣かっこよくない？」

「そ、そうね。かっこいいかも」

やっと冒険に出れるらしい。

「じゃあシズク、留守番お願いね」

「はい！　ご主人様！」

僕はダンジョンの部屋の扉のスイッチを押してディートと進んでいく。

◆　◆　◆

またオオネズミだ！

剣で斬ると返り血が飛んでくるので金属バットで殴る。

さっきはオオネズミを剣で斬ってしまって、水場にたどり着くまで1時間半も血まみれだった。

日本の高校生にはなかなか辛い。

「へ～、結構やるじゃない」

「まあね。レベル上げが趣味だから」

「オオムカデも危なげなく倒せてるしね」

「ディートが買ってくれた剣が役に立ったよ。ありがとう」

お世辞ではない。

オオムカデは外骨格が硬いので金属バットなら何回も殴らないといけない時が多い。

一方、剣は節目に入れば一撃で両断できた。

ステータス上の攻撃力はバットのほうが上でも、使い方次第らしい。

何よりオオムカデは剣で両断しても血がそれほど出ない。

「ふふふ。どういたしまして」

「冒険にも付き合ってくれてありがとね」

「ま、まあね。暇だったからね」

冒険者に予定なんてないのかもしれないけど、今回は何日も付き合ってもらう。

「何かお礼をしないとなあ」

「お礼？」

「そうだよ。冒険に付き合ってもらったり、剣まで買ってもらっちゃったり」

ディートは実利主義というか損得にうるさいから、日本のもので価値があるものがいいかもしれない。

「何か欲しいものある？」

できれば、あまりお金がかからないものだと助かるんだけど。

「欲しいものなんかないよ」

「そっか～」

「たまにトールとこうやって冒険できれば」

「へ？」

ディートが僕と冒険して何か得することあるんだろうか？

「私、こんな性格だから酒場やギルドで仲間を誘えなくて……」

ディートの声は小さくなっていき、よく聞き取れない。階段が見えてきた。

「お、つながってる階段だ。根の階層だね」

根の階層まではマミマミさんと来たことがある。

木野先輩のキノコの栽培室もこの階層だ。

「もう！」

「何？」

「なんでもない！」

どうやらまた機嫌を損ねてしまったようだ。

ディートは意外と怒りっぽい。

シズクを連れてきたほうがよかっただろうか。

でも緊急の時に僕に変身して代わりができるしな。

ディートと無言で根の階層を歩く。

「そういえばさ。剣っていくらだった？」

「フランシス金貨1枚」

それって日本円だったらいくらぐらいの価値なんだろうか。

ビッグバーガー指数っていう、有名ハンバーガーチェーンのマイルドナルドの看板商品の値段で物価を測る方法があるけど、異世界にマイルドナルドなんてない。

何で測ったらいいだろうか。

「金貨1枚ってさ。他に何が買える？」

「食事がつく宿に二ヶ月泊まれるわ」

ええ。

めっちゃ高級品じゃん。

日本の宿で食事がついたら安くても一泊1万円ぐらいする。

探せばもっと安いところもあるかもだけど大差はないだろう。

それが二ヶ月……60万円か。

金貨1枚60万円。

待てよ。

そもそもディートって冒険者としてかなりベテランだよな。

リアがすっっっごく長いこと冒険してるって言ってたし。

冒険者を雇ったりしたらいくらかかるんだろうか?

「あのさ。冒険者って雇ったりできるの?」

「そりゃね。ギルドに行けば」

冒険者ギルドがあるとは聞いている。

「仮にディートぐらいの冒険者をギルドで雇うとして、一日いくらぐらいかかるの?」

「私クラス? 雇えないわよ」

「雇えないの?」

「一見で雇えるのはアリアクラスが上限なんじゃないかしら」

「それはディートのほうが冒険者として上ってこと？」

「上っていうか肉弾系よりも知識や魔法でできることが多いからね。魔法タイプの冒険者のほうが数も希少だしね」

なるほどね。

「色んな場面に対応できる希少な冒険者って感じか」

「まあね。ふふふ」

話しながら歩いていると、オオアリが曲がり角から現れる。

外骨格タイプなので剣を使う。

オオアリの首は節から落ちた。

「そういえば、しばらく前からモンスターがあんまり出なくなったね」

「根の階層は冒険者も多くなるから、モンスターが狩り尽くされやすい場所もあるわ。そういうルートを通ってるのよ」

「へ〜マミマミさんはそういうのは無頓着だからなあ。助かるよ」

「そ、そう？」

「うんうん」

ただ、剣と金属バットを持って早歩きで歩いてるから疲れる。

「冒険したい時は付き合ってあげるから、私と……」

「剣ってやっぱ重いな」

「ふんっ！」

「え？　何か言った？」

「何も言ってない！」

また怒らせてしまったらしい。

やっぱりシズクも連れてくればよかったかな～。

「何ここ？」

「ここがヨーミのダンジョン地下三層よ」

「へ～」

地下三層の壁は五層とは違って古くなって剝げてはいるが、漆喰のようなものも塗られている。

ちゃんとした建物の地下のように見える。

「どこかの城の地下みたいよ」

「ええ？　城の地下？」

「ヨーミのダンジョンは時空が歪んでいるから、どこにつながるかわからないの」

言われてみるとそんなようにも見える。

壊れた鉄格子の部屋があった。

「これ地下牢？」

「そう言われてるわ」

「やっぱりか」

「ヨーミのダンジョンが公式に見つかった時には地下三層にまだ調度品が残っていてね。ちょっとしたゴールドラッシュになったよ。懐かしいな」

「まだあるかな？」

「まさか。見つかった時にほとんど盗掘されていたし、それから百年経ってるのよ」

懐かしい、百年経っている？

リアはディートのことをすっっっごく長く冒険者をやっていると言ってたけど何年やっているんだ？

っていうか何歳なんだ。

見た目は二十歳（はたち）そこそこに見えるけど、聞くのが恐ろしい。

でもエルフってゲームとか漫画だと凄く長く生きるよなあ。

そこから聞いてみようか。

「ねえ。エルフって」

「お出ましよ」

「え？」

「前！」

「前って……なんだこれ！」

肉を失った人、いや一般的なゲームでのモンスターの名前を言おう。

スケルトンがこっちに迫ってくる。

「錆びた剣で攻撃してくるから気をつけてね。食らうと破傷風になる時があるわ」

「さ、錆びた剣？　破傷風？」

あまりにも錆び錆びだったから気が付かなかったが、本当に剣を持ってるじゃないか！

「だから気をつけて」

よくわからないけど、破傷風は死ぬこともある病気じゃないか？

「こんな本格的なモンスター無理。あ、あれ？」

スケルトンが剣を振り上げる。

だけどそのスピードは老人のようだ。

そして振り下ろすスピードも遅い。

余裕で金属バットで受け止められる。

力もまったくない。

そのまま金属バットで押すと、スケルトンは倒れそうなほど後ろによろめく。

頭蓋骨にバットを食らわすと頭蓋骨がボロリと風化するように割れて崩れた。

「何これ？」

「仮にも地下五層のオオムカデと戦えるトールが、スケルトンに苦戦するわけないでしょ」

やっぱスケルトンなのか。

そんなことより。

「僕、結構強い？」

「まあつい一ヶ月前にレベル1だった冒険者とは思えないわ」

お化けキノコをストロングバースト（キノコを枯らすドクペ入り水鉄砲）で狩りまくったからか。

「日本のアイテムっていいわね」

「だからディートにも何かあげるよって。色々お世話になってるんだし」

異世界人に見せびらかさないならだけど。

「うーん。そうねえ。でも、何がどんな効果を持ってるか全然わからないし」

「確かにそうか。じゃあ、日本のものをダンジョンに持ち込んで一緒に色々試そうよ」

「それ……楽しそうね。いいの？」

「もちろん。僕で手に入るものぐらいだけど」

「十分よ。こっちでは凄いものだらけだし。約束よ」

「うん。約束するよ」

日本のものが異世界側でどんな効果を発揮するか調査するのは楽しそうだ。

飲み物は散々やったけど、それ以外のものはほとんど試していない。

「そういえば、黒ストッキングはどうかな？　あんなペラペラなのに防御力が凄く高いんだ」

「黒ストッキング？」

そうか。ディートは黒ストッキングって言ってもわからないか。

「美夕さんが足に穿いている黒いアレだよ」

「あ〜……」

「僕は買ったことないけど、値段的には僕でも買える」

実際に買うとなったら恥ずかしいけどね。

「でも私に似合うと思う？」

「え？」

変なことを聞く。

「似合うって見た目？」

「うん」

ディートを見る。

短いドレスのような黒革の服。

「に、似合いそうだよ」

とても……凄く……。

「ほんと？　じゃあ着てみようかな」

「うんうん」

またスケルトンだ。

「よーし。サクッとやっつけるぞ」

「頑張れー」

振り下ろした錆び錆びの剣をこちらのピカピカの剣で受ける。

「ひっひー」

受けるのは簡単だったが、錆び錆びの剣が折れて僕のほうに飛んできた。なんとか躲せたけど、こんな攻撃が来るとは思わなかった。

スケルトンをバットで殴り倒す。

「もう、気をつけないと。実戦では色んなことがあるから」

「気をつけるよ」

危なかった。当たってたらそれこそ破傷風になったかもしれない。

よくディートは冒険者をずっと続けているよな。

そうだ。

エルフの寿命を聞こうとしてたんだ。

「ねえ？　エルフってどれぐらい生きるの？」

「どれぐらい生きるって寿命のこと？」

「そうそう」

「さあ？」

「さあってディートはエルフじゃないの？」

「私はハイエルフ。エルフと一緒にしないで！」

そ、そういえばそんなことを言っていたな。

「そうだった。ごめん」

「もう！　エルフは二、三百年じゃないの？」

「へ、へ～」

人間の二倍か三倍以上か。

でも聞きたいのはディートのほうだ。

「その。ハイエルフは？」

「……千年」

「千年⁉　すごっ」

リアがすっっっごく長く冒険者をしているって言っていたけど、千年も生きるなら百年冒険者してもまったくおかしくないな。

「ひょっとして私の年齢を聞きたいの？」

するどい口調で問い詰められる。

図星だ。

「いやまあ。日本人の基準からすると凄いからさ」

「……二百十歳よ」

「そ、そんなに？」

「ちょっと！　年寄りみたく言わないで！」

「ご、ごめん」

「人間の寿命は百年でしょ？」

ちょっと長い気もするけど。

「ま、まあそんなもんかな」

「だったら人間の年齢にしたら二十一歳ぐらいじゃない！」

「そうなのかな」

「そうよ。年取るスピードだってそうなんだから」

「へ～」

ディートがジト目で僕を見る。

「何よ、信用してないの？」

「してるって」

「そんなに疑うなら、証明だってできるよ」

「証明って」

「もしだよ……私と結婚して一生一緒にいたら」

「えええええ？」

「もしって言ってるじゃん！」

「もし、か。ごめん」

例え話が飛躍していてびっくりした。

「もし、一緒にいたらトールが死ぬまで私はずっと二十代だからね」

「そ、そういうことになるのか」

「まあね。ハイエルフってホント死ぬ前の何年か以外は老化しないし」

「なんだよ。年取るスピードも寿命に比例するとか言ってたのに！」

「でも、どっちにしろずっと二十代だからいいでしょ」

「わけわからん」

「何よ！」

そんなことを話しながらしばらく歩くと、辺りには比較的新しい鉄格子の地下牢が並ぶようになった。

中に冒険者が入っている。

「あ、あの人たち犯罪者？」

「ぷっ」

ディートが笑う。

「あの人たちは鉄格子の中でキャンプを張ったり休んでいるのよ。そうすればモンスターに襲われないし、対人的にも少しは安全でしょ」

「あ〜なるほど。それにしても、どうしてここの鉄格子は錆びていないんだろう」

「ヨーミのダンジョンは空間も歪んでいるけど、時も歪んでいるのよ」

スマホで時間を確認すると夜の10時になっていた。

前に確認したディートやリアの話を照らし合わせると、異世界の一日は25時間ぐらいらしいから少しずつズレていくが、とりあえず僕の体はそろそろ睡眠を欲している。

「んじゃあ、僕たちもここで？」

「もうちょっと先まで行くわよ」

「そっか。じゃあそこまで急ごう」

「そうね」

早歩きで城の地下風の地下三層をどんどん進む。

今までは訓練ということで途中に出てきたモンスターはすべて僕が倒していたが、キャンプ地に着くまでということでディートも加わった。

「え？　階段があるよ」

「階段があれば上るのよ。ブーゴ村は地上にあるんだから」

ディートが階段に足をかける。

僕も上った。

それにしても剣が重い。

「へ～地下二層は真神の間みたいな森なんだね」

階段を上り切るとそこは森だった。

「ここも苔が太陽光の代わりをしている階層なの」

ドーム状の天井から光が降り注ぐ。

真神の間はちょっとしたジャングルやジ◯リの森みたいに木が空まで覆っていたけど、地下二層はもう少し低い木で天井も見える。

「凄く歩きやすい」

地面も踏みならされていた。

「実質、この地下二層が冒険者にとって最初の仕事場だからね」

「どういうこと？」

「地下二層から薬草が生えたり、モンスターが出たりするから」

なるほどね。

そしたら。

「じゃあ地下一層は？」

「ヨーミのダンジョンの地下一層には街があるわ」

「街が？　そりゃ凄いね」

「でも気をつけて。地下二層なんかよりよっぽど危険だから」

「どういうこと？」

「地下一層はスラムなのよ」

「ス、スラム？」

日本国内ではあまり聞かない響きだ。

「ヨーミのダンジョンの地下はフランシス王国の公的な管理が入ってないのよ。いくつかの地下ギルドが自治による管理をしているわ」

地下ギルドの自治区域……。

よくわからんが、あまり関わりたくないギルドだ。

「地下ギルド同士で縄張り争いなんかもしてるしね。巻き込まれるとやっかいでしょ」

「それは確かに怖い」

「地上で生きられない人なんかも住んでいるしね」

「それってお尋ね者？」

「ほとんど借金とかが理由でしょうけど、お尋ね者も混じってるわ」

こわっ！

「まあ地下街にはトールほどレベルが高い人はあまりいないから」

「そ、そうなんだ」

「レベルが高い冒険者は滞在するだけで住みはしないわ」

確かに。

お金持ちはスラムには住まないだろう。

「厄介なのはならずものね。地上で禁止されてるような店もあるわ」

「ど、どんな店？」

繁華街にあるような店だろうか。

高校生だから詳しくはないのだけれど。

「見ればわかるわ。イラつくのよね」

「イラつく？」

女性だから女性を売り物にしているような店とかがあったらイラつくのかな。

「見ればわかるって」

態度からして、かなり嫌ってるな。

また機嫌が悪くなられても困る。

気持ちいい森を歩いているのだから今は忘れよう。

モンスターは青いスライムぐらいしかいないしな。

◆　◆　◆

それにしてもいつまで歩くのだろうか。

スマホで時間を確認すると、日をまたいで午前2時になっていた。

学校から帰ってきて昨日の午後4時頃に出発して、それからずっと歩いている。

レベルを上げていても日本の高校生には辛い。

右手にちょうど木々がひらけていて寝心地の良さそうな草が生い茂っている場所があった。

「ディート。あそこでキャンプすればいいんじゃないの？」

「う～ん。もう少し歩いて」

「え～疲れたよ。良さそうな場所だけどなあ」

「いいからいいから歩く歩く。ハイキングと思えば楽しいでしょ」

ダンジョンじゃなければね。

もう疲れているし、剣も重い。

「疲れてるなら剣は鞘に収めて腰に差していいわよ」

「あ～そうする」

スライムしか出ないしね。

抜身の剣を手に持つよりは歩きやすくはなったが、その分しっかり歩かされる。

「ほら見て。階段よ」

「うん……」

返事をするのも辛くなる頃、上層に上がれる階段にたどり着く。

階段に片足を上げて、自分の動きが止まる。

ってよく考えたら。

「こ、この上の階はスラムなんだろ？」

「全部が全部じゃないわよ。それに詳しい私がいれば大丈夫。でも階段の上のエリアはすぐ移動するわよ」

「な、なんで？」

「上がってみればわかるわ」

「教えてよ」

「い～から」

ディートは何故か教えてくれない。

階段に足をかけているのだからもう上るしかないか。

びくびくしながら足を進める。

階段を上り切るとギラギラとした光彩が目に飛び込んできた。

赤緑黄の光の反射。

そして肌の露出度の高い服を着た女の人たち。

「ここ、ひょっとして歓楽街？」

「……そうよ」

つい、つぶやいてしまった僕の言葉に不機嫌なディートの声が返ってくる。

そういうことか。

キョロキョロしているとディートに後ろから側頭部を手で押さえられる。

首を固定された。

「早く行くよ」

「はいはい」

首を固定される前に見た。

立っていた女の人たちは皆耳が尖っていた。

エルフだ。

だからディートは見せたくなかったのだろう。

これは触れないほうがいい。

代わりにこのネオンのような赤緑黄の光の正体について聞いてみようか。

「このキラキラの光はどうやって光ってるの？」

「え？　あ〜」

ディートは光のことを聞かれるとは思っていなかったようだ。

「あれはね。魔力に反応して光る石を使っているのよ。それで店が目立つようにしているみたい」

「へ〜」

なるほど。

こういうお店は異世界でも地球でも同じだな。

そのことについては黙っておこうか。

僕だってディートには地球のいいところを見せたい。

それが自然な気持ちだろう。

少し歩くと怪しいお店が連なる場所を抜けたようだ。

「ここ、ここ」

「ひょっとして宿屋？」

「当たり！」

ディートが指差していた場所はなんとなく宿屋とわかった。

冒険者がたむろしていた。

しかし、かなりうらぶれている……というかちょっと汚い。

でも異世界の宿屋としては立派なほうなのかなあ。

「綺麗な宿だね」

「そーお？　汚いと思うけど。特に玄関とかね、冒険者はがさつだから」

異世界の宿としては立派なのかと思ったらバッサリと切り落とされた。

「じゃあ、なんで強行軍してまで、この宿に来たんだよ」

「まあまあ入った入った」

宿の玄関に入る。

「受付してくるからちょっと待っていて」

「うん」

待っていると何やらディートが受付と揉めている。

受付とディートが話しているのは異世界の言葉だ。

僕にはわからない。

けれど、ディートは受付にかなりの剣幕だ。

話を聞きに行ったほうがいいかもしれない。

「ど、どうしたの？」

「いいから、ちょっと待っていて！」

怒られてしまった。

でも、なんだか様子が変だぞ。

顔が赤いし。

やっぱりもう一度聞いたほうがいいかもしれない。

「何か困った問題でも起きたの？」

「困るっていうか、部屋が取れないのよ。私常連なのに！」

常連なのか。

でもなんで本人も汚いっていうような宿の常連になってるんだろう。

「予約してたの？」

「してないけど」

「なら仕方ないじゃないか。常連だからって」

見たところ、かなり混み合っている。

「ここがよかったのに……一部屋は取れたのに……」

「一部屋は取れたの？」

「うん……」

「じゃあここでいいんじゃない？」

「本当？　でもベッドが一つの部屋よ？」

「あ～」

ベッドが一つ。

「他の宿にするかあ」

そう言ったディートは凄く残念そうだ。

理由はわからないが、そんなに残念なら。

「なら僕は床に寝袋で寝るよ。ディートはここに泊まりたかったんだろ？」

寝袋は冒険用に持ってきている。

「トールがベッドで寝なさいよ」

「いやディートは僕の冒険に付き合ってくれてるんだし」

「トールは慣れない冒険で疲れてるでしょ」

「これからもお世話になるし」

日本人的な譲り合いが続き、沈黙する。

ディートは何故か気に入ってるようだけど、やっぱり他の宿にしようかと提案しようとした時だった。

「なら一緒に寝る？」

「えええええ」

驚きの提案だ。

「なんで、そんなに驚くのよ！　変な意味じゃないわよ。こはる荘ではよく一緒に寝てるじゃない」

言われてみればそうだけど。

「いやいやいや、一応布団は別々に敷いていたし、マミマミさんとかリアとかシズクもいたし」

「じゃあ他の宿に泊まる？」

ディートに残念そうに言われると、断りにくい。

「こ、こはる荘でも一緒に寝てるようなもんか。皆、寝相悪いから重なり合うしね」

「そ、そうよ」

お互いに謎の納得をして部屋に向かう。

部屋はそこそこ綺麗だった。

どうやら薄汚れているのは玄関だけらしい。

肝心のベッドはセミダブルぐらいありそうだ。

けれども、そこに触れる勇気はない。

「結構、綺麗だね」

「でしょ」

部屋内にあるドアはなんだろうか？

日本だったらトイレとお風呂だけど。

「そのドアは？」

「うふふ。見てみなさい」

なんだろう。

ドアを開けてみる。

こ、これは。

「えええ？　温泉？」

「凄いでしょ」

確かに凄い。

地下に温泉があるのか。

立派なダンジョン温泉だ。

「このダンジョン、温泉の水脈があるの？」

「ううん。ヨーミのダンジョンは時空が歪んでるからね。多分どこか遠くの温泉なんじゃない」

「へ～」

ディートがこの宿にこだわった理由はこれか。

「トール、お先にどうぞ」

「え？　いいの」

「うん。私は明日の冒険の準備とかもあるし、色々計画練っとくわ」

「それじゃあ遠慮なく」

ベッドは同時使用するしかないが、温泉は別々に使える。

温泉かあ。

お風呂は好きだから興味はあったんだけど、実は温泉に行ったことがない。

家庭の事情でね。

けれど、脱衣所がない。

まあいいか。

浴室で着替えよう。

「ふい～いい湯だ」

お風呂って声を出したくなるよね。

「どーお？」

ドアの向こうからディートの声が聞こえる。

「最高だよー」

「でしょー」

まさか異世界で温泉に入れるとは思わなかった。

ディートってぶっきらぼうに見えるけど、結構サービス精神が旺盛だよな。

たっぷり温泉を堪能する。

さてと、体洗おうかな。

「おお、石鹸があるぞ。けど、スポンジはないか。石油製品だしな」

気分良く素手で石鹸を泡立てて、体を泡だらけにしてふと気づく。

「あれ、タオルがないぞ」

タオルがない。

タオルは石油製品ではないから異世界にあってもおかしくないのではないか。

なら、部屋にあったのかな？

「おーい。ディート」

ドア越しに声をかける。

「なーに？」

「タオルってどこにあるのかなあ」

「あ～こっちの籠の中にあるわよ。着替えもあるし」

「おお、ありがたい」

「ちょっと待っててね」

「え？」

浴室のドアがガチャッと開く。

ディートと目が合う。

無言で籠が飛んでくる。

「も～」

ドアの向こうから抗議の声が聞こえてきた。

うう。

浴室から出るのが辛い。

あ、異世界にもバスローブみたいなのがあるんだ。

籠の中には寝巻用の服があった。

「で、出たよ」

ディートが赤い顔でこちらを見る。

怒ってはいないようだ。

「泡だらけだったし、見てないからね」

見られたっぽいな。

「じゃあ、私入ってくるから」

「うん」

「先に寝てていいわよ」

ディートが浴室に入った。

そう言うが、起きているのが礼儀だろう。

きっと温泉の良さを共有したくて、ここを利用したに違いない。

寝るわけにはいかない。

寝たら怒られそうだし。

でも、慣れない旅で疲れたからベッドで寝ながら待つか。

気が付くと……正面には綺麗なグレーの瞳があった。

「起こしちゃった？」

「僕、寝てたのか。起きて待ってようとしたんだけど」

怒られるかと思ったらディートは笑っていた。

お風呂上がりのいい匂いがする。

近いからはっきりとわかる。

「ぐっすり寝てたから起こしたくなかったんだけど、眺めてたら起きちゃった。ごめんね」

「いや、そんな……むしろ、お礼を言いたいよ」

「お礼？」

「僕のワガママの旅に付き合ってくれてさ」

「ワガママじゃなくてコンっていう九尾を助けたいんでしょ？」

「確かにそうだけど、危険なモンスターかもしれないんでしょ？」

「自分のためじゃなくても助けたいんでしょ？」

「自分のためだよ」

僕が助けたいから助けるのだ。

だから、ディートやマミマミさんに迷惑をかけることになるかもしれない。

「そうだとしても私もトールに色々助けてもらってるから」

「僕が助けてる？　何を？」

「マミマミ様の時とか助けてくれたじゃない」

「あ～そうだけど、こっちのは大したことないじゃん」

「神獣に喧嘩を売ったのに、仲を取り持ってもらえるなんて凄いことなのよ」

「そ、そうなのかなあ？　マミマミさんは結構いい人、いや、いい獣だし、そんな大したことないよ」

「トールには優しいのかもしれないけど、私は今でも緊張してるわよ。怖い時もあるし」

そうかもしれないけど。

「でもディートのほうが色々してくれてるよ」

「私がトールにしたいからしてるのよ」

「なんでさ？　あ、ひょっとして」

「ん？」

「僕が日本人で異世界人にとっては色々持っていたりするから？」

ディートが少し笑う。

「まあ、最初はそれも少しはあったけど、今は……」

今はなんだろう？

「今は？」

ディートが口元に人差し指を立てる。

顔と顔の距離が近いので僕の口元にも人差し指を立てているように思える。

「ふふふ。内緒」

「内緒ってなんだよ」

「内緒は内緒」

「えー教えてよー」

ディートは笑って教えてくれなかったが、不思議と嫌な気はしない。

そんなやり取りをしているうちに自然と寝てしまった。

◆　◆　◆

翌朝、ディートに起こしてもらって食堂に行く。

朝ご飯が用意されているという素晴らしさと照れくささを感じていると、そんなことはお構いなしのようでディートが急かす。

ディートは意外と食べるのが早い。

かなり硬いパンで噛み砕くのに時間がかかる。

「ちょ……ちょっと待ってよ」

「冒険者は早くご飯を食べるのも才能よ」

「そういうものなの？」

「乗合馬車に遅れそうな時は特にね。ちょっと寝坊しちゃったのよ」

それで急いでいたのか。

でも乗合馬車ってなんだ？

「乗合馬車は、このダンジョンの上にある都市オルレアンからブーゴ村の近くのセビリダの街にまで連れていってくれるのよ」

「そりゃ急がないと。パンは持っていこう」

「そうね。日本からも色々持ってきたみたいだけどパンも貰っていこうか」

パンを持って宿を出る。

しばらく地下街を歩くと階段が見えてきた。

上のほうからは陽光が射している。

だが、階段の下にはガラの悪い奴らがいて、道をふさいでいた。

「ディート、アイツら……」

「大丈夫。任せて」

ディートがガラの悪い奴らに近づく。

少し話し込むとガラの悪い奴らが道を開ける。

階段を上りながら聞く。

「アイツら知り合い？」

「まさか。見知った顔はいたけど。お金を払ったのよ」

「お金」

「アイツらはああやってたむろして通行料をとってるのよ」

「通行料って、そんなもの払う必要あるのか？」

「まあ、雑魚だけど徒党を組んでるからね。雑魚でも百人単位で敵に回ったらやっかいでしょ」

「百人！　そりゃ、やっかいだね」

異世界にもあんな奴らがいるのか。

うんざりした気持ちで階段を上っていたが、地上に上がるとそんな気は飛んでいった。

「これが異世界の街か」

陽光に照らされた異世界の街並みが目に飛び込んでくる。

トカゲ人間、赤髪、青髪、獣耳。

「凄い、本物の異世界だ」

「私には見慣れた風景だけどねえ。こはる荘のほうが凄いわよ。ニホーンの街はどんなかしら」

ディートがつぶやく。

そりゃ見たいよな。

僕だって感動したし。

「あ、違うのよ」

「今度、日本の街を案内するよ」

「え？　いいの？」

「いいよ。でもハイエルフはいないから帽子を被ったりしてね」

「うんうん」

嬉しそうなディートと街を歩く。

石造りの家々はイメージの中の中世ヨーロッパだ。

「乗合馬車の乗り場はどこにあるの？」

「もう少し歩いたところが街はずれで、そこにあるわ。急ぎましょ」

「あ、そうだった。街並みに見とれてる場合じゃないね」

早歩きで歩く。

「着いたわよ」

何台かの大きな馬車が並んでいる。

「えーと、セビリダの街行きの馬車はアレね」

生まれて初めての馬車だ。

僕たち以外にも二人の商人風のおじさんが乗っていた。

ディートに続いて乗り込むと、馬車はすぐに出発した。

やっぱり時間ギリギリだったようだ。

「結構、馬車って振動あるんだね」

「これでも馬車専用道路だから少ないほうだけどね」

「専用道路？」

「車輪の太さに合わせて溝が掘ってあるのよ」

「なるほどね」

感心していると一緒に馬車に乗っていた二人のおじさんが話しかけてきた。

おじさんはともかく荷物が多い。

きっと行商人だろう。

にこやかで友好的だが、何を言ってるかはわからない。

ディートが代わりに教えてくれた。

「服が素晴らしいってさ」

「服？」

どこにでもあるパーカーにジーンズなのだが。

「縫製が、みたいよ」

あ〜。この世界の人にとってはそうなのだろう。

商人風のおじさんがパーカーを指差しながらお金を出してきた。

「売ってくれってことかな？」

「みたいね」

「いくらなんだろう」

「えーと銀貨で９００ダラルね」

「銀貨！　それっていくらぐらい？」

「うーん。一人だったら一ヶ月生活できるぐらいね」

貧乏学生が買った、二着で１９８０円の安売りパーカーだぞ。

今もリュックサックに同じ替えが入っている。

「じゃ、じゃあ売ろうかな」

「いいんじゃないかしら？」

僕が脱いだ汗まみれのパーカーを、おじさんはニコニコ顔で受け取る。

丁寧に縫い目を確認したり、肌触りを確かめたり、匂いを嗅いでいる。

変なことに使うんじゃないだろうな。

まあ一ヶ月生活できる異世界のお金が手に入ったからいいか。

リュックサックから同じ服を出して着る。

「▲■×○！」

おじさんが身を乗り出して捲し立てる。

「な、なんだ」

「もう一着売ってくれって」

「えー」

これを売ってしまうと、Ｔシャツと学生服の下に着るＹシャツしかない。

けれどもおじさんは凄い勢いで銀貨を押しつけてくる。

「次の……えーとセビリダだったっけ？　そこでも服売ってるかな？」

「売ってるわよ」

僕が脱ぐとおじさんは嬉しそうにもう一着のパーカーを受け取った。

「いいの？」

「まあ、長旅なんでしょ？　仲良くしないとね」

そこまで寒くもない。

Ｔシャツでも大丈夫だ。

それからもおじさんA、Bは一生懸命に話しかけてくる。

僕はまったくわからない。

ディートはまったく翻訳してくれない。

「なんて言ってるの？」

「まあ主にどこから来たのか聞いてるわ。トールが珍しい格好してるからでしょ」

あ〜。ピンときた。

「それで翻訳しないのか」

「まあね。ニホーンとも言えないでしょ」

この異世界では日本を一種の理想郷のように信じている人もいるらしい。

それでなくてもヨーミのダンジョンと日本がつながっていることが発覚したら大混乱だ。

出身地の話は嘘をつくしかないけど、この世界のことはまったくわからない。

曖昧に笑ってやり過ごす。

◆　◆　◆

おじさんも日本人の曖昧な笑いに飽きてしまって、馬車の車輪の回る音だけが響いている。

外の景色はずっと林の中だった。

ただ、木はまばらなので、異世界の気持ちいい太陽は拝める。

太陽が高くなった頃、急に馬車が止まった。

「着いたの？　林の中みたいだけど？」

「お昼、休憩よ」

「あ～」

おじさんA、Bが馬車を降りて枯れ枝を集めている。

どうやら、この場で料理をはじめるらしい。

御者（ぎょしゃ）の人も馬を木につないで、水筒と食料が入ってるだろう包みを取り出した。

「私たちも食べましょうか？　色々持ってきたんでしょ？」

「まあね」

インスタント麺、レトルトカレー、お餅、缶詰……さっきの宿から持ってきたパンもある。

網を炭火の上に置いて、パンの上にアンチョビとチーズを置いて炙る。

「それ何？」

「アンチョビとチーズがあるからパンの上に乗せて軽く焼いてみるよ」

「美味しそう～」

それだけでは物足りないのでお餅も焼いた。

「私、お餅大好き～」

「僕もだよ」

炭火がチーズとお餅を焼いていく。

「できたよ～」

「いただきま～す。美味しい～」

お餅の磯辺巻きにして食べる。アンチョビとチーズのパンも最高。

ディートと二人でワイワイ食べているとおじさんA、Bが寄ってくる。

特にお餅の磯辺巻きに興味があるようだ。

ジェスチャーでしきりに、自分たちの食べ物と少し交換しようと言ってくる。

変なスープか。

あまり交換したくないけど、これも旅の醍醐味か。

「じゃあ、どうぞ」

磯辺巻きは二つずつ作ったけど、僕は一個食べてしまったので残りは一個。おじさんAの分しかない。

おじさんAは見るからに美味いというジェスチャーをした。

おじさんBはとても悲しい顔をしている。

ディートを肘でつついた。

「え～私は二つ食べたい～」

「もう一人のおじさんが可哀想じゃん……」

「トールが勝手に交換したのに～もうないの～？」

「ごめん四個しか持ってきてない。日本でまた作ってあげるからさ」

「仕方ない」

ディートがおじさんＢに磯辺巻きを渡す。

おじさんＢも料理バトル漫画かと思うような大げさなリアクションをした。

お礼にくれたスープは量だけは多いが、色味はあまり美味しそうではない。

「茶色いね。異世界ではよくあるスープ？」

「見たことないわねえ。そもそも行商人とか冒険者の料理なんて適当だし」

ふわっとスープが香る。

どこか懐かしい香りだ。

「匂いは良いね」

「そうね。悪くないね」

一口すすってみる。

「ん？　これは醤油？　いや魚醤っぽいな」

「あーなんかニホーンっぽい味がすると思ったら調味料が似てるのね」

へ～、異世界にもこんな味があったのか。

四人で和気あいあいと食事をとる。

「ん？」

ところがディートが急に声をあげて、しかめっ面になる。

「どうしたの？」

おじさんがセクハラでもしたのだろうか？

そんな人のようにも見えないけど。

「招かれざる客が来たわよ」

「え？　おじさんたち、やっぱりセクハラを……」

「違うわよ。山賊ね。感知魔法にひっかかったわ」

な、なななななな、なんだって？

第四章　旅は道連れ、寄り道だらけ

「さ、山賊〜？」

「まあこの世界ではあるあるだから。治安がいいニホーンにだって少しはいるでしょ？」

「少しはいるって山賊のこと？　一人もいないよ！　って、早く逃げなきゃ」

「なんで逃げるのよ。ほらおじさんも武器を取り出してる。トールも早く」

確かに異世界あるあるらしい。

おじさんたちもディートの反応で棍棒を取り出していた。

「お、おじさんたちも戦うのか。山賊だぞ？」

「せいぜい10人ぐらいの雑魚よ」

「じゅ、10人もいるのかよ」

でもディートの魔法はモンスターを軽く薙ぎ払う。

10人もいる山賊だって雑魚にすぎないのかもしれない。

少しほっとする。

「じゃあ、私は馬と馬車を守るからトールはおじさんたちを守ってあげてね」

「な、何いいいいいいい？　僕も戦うの？」

「そりゃね。包囲されてるから全員一気に倒せる魔法は高価な触媒使わないといけないし」

「ケチケチしないでよ」

「いいけど……辺り一面吹っ飛ぶわよ」

「ごめん。僕も戦う」

剣ではなく金属バットを抜く。

人は殺したくない。

ディートがおじさん二人や御者にも指示を出す。

本人は馬の前に立ち、僕たちには円陣を組めという指示だった。

ヒュッヒュッという風切り音とともに何かが飛んでくる。

げっ、あれは……。

サクサクと矢が地面に突き刺さる。

ぞっとする。

「や、矢だ！」

こんなもん当たったら大怪我するぞ。

ってか死ぬ？

「ったく面倒ね。アローシールド」

ディートが魔法を唱える。

飛んできた矢が光の壁に当たって落ちる。

「助かった」

とりあえず矢が飛んでくることはなくなったようだ。

これで帰ってくれないかなあ。

「来るわよ」

やっぱり来るよな～。

ときの声があがるのと同時に、剣や斧を振り上げた山賊が林の陰から現れる。

「あ、あれ？」

山賊たちは何やらノロノロしている。

それに装備もボロボロだった。

「あれ？」

振り下ろされた剣を金属バットで簡単に受け止められる。

そのままタックルすると山賊は後ろに吹っ飛んでいった。

「よ、弱いぞ」

少し離れたところからディートの声が聞こえる。

「当たり前じゃない。オオムカデのほうが10倍強いわよ」

「そうなのか？」

確かに弱い。

そう言ってるうちに、新手の山賊のお腹をバットでやすやすと突くことができた。

これなら殺さずに済む。

「よそ見しないで！」

え？　今、僕に向かってきている山賊なんかいるか？

「■×○▲」

げえええ。

おじさんAが三人に襲われている。

っていうか、ほとんど組み付かれているじゃないか。

「うおおおお」

おじさんに組み付いた山賊の背中を金属バットで叩く。

派手に悲鳴をあげて転げ回った。

それを見て他の二人は慌てて逃げていった。

「おじさん、怪我ない？」

あれだけ組み付かれていたのだ。

剣やナイフで刺されたのでは？

おじさんは何か叫んでいるが……怪我はしていないようだ。

少なくとも大量出血とかはない。

辺りを見回す。

「いつの間にか山賊がいない」

馬を狙った山賊も片付いたようで、ディートも僕らのほうにやってきた。

「ね。全然、雑魚だったでしょ」

「うん。弱かったよ。殺さずに済んだ」

「私も殺さなかったわ。この辺に出てくる山賊は職業山賊っていうよりも食い詰めた貧農ね」

「そういうことか」

御者とおじさんBが、気絶したり、苦痛にうめいている山賊を縛り上げていた。

山賊は合計七人か。

三人ぐらいは逃げたのだろう。

「あれ？」

さっき山賊に組み付かれていたおじさんAが、膝をついて地面を叩いている。

「おじさん、やっぱりどこか怪我したのかな？」

「返せ〜って叫んでるわよ。荷物でも取られたんじゃない」

あ〜そういうことか。

それで組み付かれてたけど、刺されてもいなかったのか。

「殺して奪うっていうよりもかすめ取る山賊なんだな」

「やっぱり貧農なのよ。去年はちょっと凶作だったしね」

「この人たちどうなるの？」

「運が良ければ懲役10年。悪ければ絞首刑。さらに悪ければモンスターに生きたまま食われるわね」

「えええええ？　モンスターに食われるの？」

「だってこんな人数連れていけないもの。街に着いたら官憲に報告して間に合えば、まあ懲役よ。労働力欲してるから」

そりゃそうか。

「それにほら」

「ん？」

ディートが未だに地面を叩いているおじさんを指差す。

「実害も出てるしね」

言葉がわからない僕でもわかる。

「おじさん……」

慰めようとしたらおじさんが振り返って僕の足にすがりついた。

何か必死に頼んでいる。

「ううう。これも言葉がわからなくてもわかる」

ディートのほうを見る。

「しょうがないわねぇ。でも嫌なもの見ることになるかもしれないわよ」

「嫌なもの？　何かわからないけど、行こうよ」

「まったくお人好しなんだから」

ディートが縛り上げた山賊に何やら話しかけた。

「アジトはあっちだって」

「急ごう！」

ディートと走ると、崖が見えてきて洞窟が開いていた。

「あの洞窟の中みたい。乗り込むわよ」

「ちょっと待って。あそこに糸があって……」

糸は板と小さな棒につながっていた。

「いいから」

ディートが僕の腕を引っ張って崖に向かう。

――カランカラン
「ほら！　だから言った……あれ？」

洞窟からは手を上げた山賊と女性と子供が出てきた。

「襲うわけにはいかないでしょ。やっぱりもともと貧しい農民ね」

ディートの言うように見るからにみすぼらしい。

「戦意も全然ないしね」

「とりあえず荷物を返してもらいましょ」

「荷物ねえ……」

簡単に返してもらうことができるだろうか。

案の定、おじさんの荷物はすぐに見つかったが、山賊というか貧しい農民の男たちはなかなか手放そうとしない。

「白旗上げたくせにみっともない。離しなさいよ」

「ディート……そうは言ってもなあ」

目の前には明らかにお腹を減らした子供たちがいる。

山賊まがいの貧しい農民の男たちが捕まったり、モンスターに食われたら、この子たちがどうなってしまうのか想像もしたくない。

「とりあえず合流して皆で話し合わない？」

「トールが甘いのか、ニホーン人が甘いのか」

「ディートもなんだかんだ付き合ってくれてるじゃん」

「たまには違う世界の人の目線で世の中を見てみようと思っただけよ」

僕もいつか逆に、異世界人の目線で世の中を見ないといけない時も来るんだろうか。そしたらこんな子供たちを見捨てて……。

そんなことを考えながら、今はレトルトカレーを作らないといけないだろうなと思っていた。

◆　◆　◆

二度目のお昼ご飯を作って、大好評のレトルトカレーを子供たちが食べ終えても、行商人のおじさんたちと山賊まがいの貧しい農民の男たちの話し合いは終わらなかった。

そりゃそうだ。

引いたら行商人のほうは飯の種を失うし、山賊のほうは子供が飢える。

どっちも命がかかっている。

乗合馬車の人の仕事もあるだろう。

「ディート、どうしよう」

「どうしようって言われてもね。あ、一つ明確な判断基準があるわ」

「判断基準？」

ディートが貧しい農民の男たちに話しかける。

話しかけるというか凄みを利かせはじめた。

そのうちシュンとして戻ってきた。

「何を話してたの？」

「今まで人を襲って殺したことがあるかって」

な、なるほど。

殺していたら子供たちに罪はないとはいえ、本人たちは許されない。

「で？　……どうだったの？」

「ないってさ。今回が初めての襲撃だって」

「本当かな？」

「まあ、本当でしょ。アレ見てよ」

ディートが顔を向けたほうには接収した武器が積まれている。

いや、武器と呼べるかどうか。

槍に見えたのは鋤とか鍬を改造したもの、剣に見えたのは古戦場で拾ってきた錆び錆びの剣、弓と矢は明らかに自作だ。

「なるほど。そもそも今考えると矢も当てる感じじゃなかったもんなあ。人を襲うより、怖がらせて物を奪えればよかったのかもしれない」

「まあ、今回はたまたま失敗して、まだ貧しい農民くずれって感じだけど、1回でも成功して人を殺しちゃったりしたもんなら一端の山賊に早変わりよ」

「やっぱり、そーなるのか」

「そのうち冒険者に退治を依頼されるようになって」

「うへ」

「それにも勝ち続けちゃうと地方領兵や国軍が動いて全員……殺されるわね。まあコイツらにそこまでの規模になれる才能もセンスも感じないけど。運はもともと悪いし」

「どうしたらいいんだろう？　そもそもなんでこの人たち、山賊まがいのことはじめたの？」

「租税が払えなくなったんだって」

租税？　ああ、年貢米みたいなもんか。

「払えないとどうなる？」

「まず最初に利子がついて、それも払えないと懲役ね。そうすると、親を失った子供は……」

「結局、同じかぁ。そもそも租税ってどこに払ってるの？」

「地方領主ね。直接は代官かしら」

地方貴族が税金を集めていて、直接は代官に納めているってことか。

「地方領主の人に頼んでどうにかしてもらうことってできないかなあ？」

「無理よ。会ってくれ……」

そりゃそうか。会ってくれるわけがない。

「会ってくれるかも」

「え？　会ってくれるの？」

「ここの領主のピエール卿は客好きの変人として有名だから」

「客好きって」

「トールって育ちが良く見えなくもないから、遠くの国の貴族に変装したら？」

「僕の育ちが良い？」

日本人なら誰でも育ちが良く見えるのだろうか。

僕からしたら最悪なんだけどなあ。親にすら蒸発されている。

この子たちの親は山賊まがいのことをしてまでも育てようとしているのに。

「食い詰めた農民を助けようとするなんて育ちが良い以外ないわよ。やるの、やらないの？」

おじさん、貧しい農民たち、子供たちを見る。

「やるしかないか」

「わかってるかもしれないけど、４日の旅じゃなくなっちゃうかもしれないわよ？」

会長に怒られるな〜。

仕方ない。承知の上だ。

「行くよ」

「わかった。じゃあ急ぎましょう」

おじさんの荷物は返してもらって、貧しい農民のリーダーらしき人に日本から持ってきた食料を渡す。

さらにパーカーを売ったお金の一部を使って、おじさんたちから食料を買って渡す。

「なんとかするから、山賊なんかしないで洞窟で待っててよ」

ディートに翻訳してもらうと皆は涙ながらに感謝する。

おじさんたちとまた乗合馬車に乗り込む。

もともとの目的地セビリダの街は交通の要衝なので、ピエール卿のいるアラゴンの街にも馬車が出ているらしい。

おじさんA、Bがしきりに僕に話しかけてくる。

「なんて言ってるの？」

僕が聞くとディートが笑う。

「こんなに立派な人は見たことがない。高貴な人だと思ってたってさ」

「なんでおじさんにまで嘘をつくんだよ」

「本物の貴族のピエール卿を騙すんだから、おじさんを騙せなかったらダメでしょう。もっと貴族っぽい素振りしなさい」

「そりゃそうかもしれないけど」

「もう荷物は半分諦めてたってさ。でもおじさんたちの荷物も寒村に持っていくための物資だったから助かったって」

早く諦めてくれれば、変な作戦をしなくて済んだのに。

でも、そうすると寒村も困ったか。

あちらを立てれば、こちらが立たず。

ピエール卿とかいう貴族になんとかしてもらうしかない。

◆　◆　◆

セビリダの街に着く。

多くの馬車が街に入っていく。

日本の高速道路ほどではないが、ちょっとした渋滞も起きている。

「へ〜凄い馬車の数だね」

「ヨーミのダンジョンの上にあったオルレアンの街はダンジョンで栄えている街だけど、ここは商業で栄えている街だからね」

「なるほど」

しばらくして、ようやく街の中に入る。

乗合馬車の停留所に着いた。ここでおじさんたちとはお別れだ。

馬車を降りようとする僕たちをおじさんたちが引き止めて、大げさな身振りで頭を下げている。

「命の恩人だってさ」

「わかりました。わかりました。僕らは急いでいるんで」

おじさんたちと別れて、ピエール卿のいるアラゴンの街に行く乗合馬車を探す。

「アレね。乗ろう」

ディートが乗り込もうとするのを止める。

「ねえ。服を買ったり、食料を買ったりしなくて大丈夫かな」

TシャツとYシャツしかないし、食料はすべて貧しい農民たちに渡してしまった。

「そろそろ出るみたい。これを乗り逃すと今日中に着かないわよ」

「なら乗るしかないか」

馬車に乗り込みながらディートに話す。

「乗り合う人に貴族のフリしたほうがいいかなあ?」

「そうねえ。練習がてらしたほうがいいんじゃない」

中を覗くと、品のいい金髪の女性とその従者らしき若い男性が乗っていた。

女性は僕より少しだけ年上だろうか？　富裕層に見える。そして可愛かった。

冒険者風なのだが、今まで見た冒険者とは比べ物にならないほど高価そうな甲冑が輝いている。

これも練習だ。ジェスチャーで貴族風の慇懃な挨拶をした。

もっとも僕のイメージの中の貴族だから変かもしれないけどな。

女性は優雅に笑って挨拶を返した。

「ふふふ。貴族のフリをされなくても結構ですよ。私モンスター語も話せますので」

「あ、うっ」

「短い旅ですが、どうぞ気楽になされてください」

日本語はモンスター語だ。

冒険者には話せるものも少なからずいる。

ディートやリアもそうだった。

しかし、連れの男性はわからないようだ。

「お嬢さんは冒険者なんですか？」

「ええ。ヨーミのダンジョンを探索して帰るところです」

「へ～僕たちもヨーミのダンジョンを探索してました」

ダンジョンを探索していることは嘘ではない。

もともとは望んでしていたわけではないけど。

「やっぱりご同業でしたか。モンスター語を話されるのでそうではないかと思いました」

「いやあ、すいません。貴族のフリなんかしようとして。お嬢さんのほうがよっぽど貴族に見えますよ」

「アナタも高貴な感じがしますよ」

「そうですか？」

「人が良さそうというか」

隣でディートが笑う。

「馬鹿にされてるわよ」

金髪の女性が否定した。

「そんなつもりは……ごめんなさい。良さそうな人と言い直します」

「気にしないでください。ディートはちょっと皮肉っぽくて」

ディートが怒る。

「何よ」

「いや、素直な時もあるけどさ。ディートはちょっと皮肉っぽいだろ」

「そんなことないわ」

僕らのやり取りを見て金髪の女性が割って入る。

「そちらの方はディートさんとおっしゃるんですね。私はリリアナと申します。こっちの仲間がジャン。お名前を伺ってもよろしいですか？」

「僕はトールです」

自己紹介をした頃、アラゴン行きの乗合馬車が出発した。

そろそろ慣れた馬車の振動の中でリリアナさんと話す。

「トール様は変わった格好をされていますね。どこの出身ですか？」

この異世界では国よりも地方で出身地を名乗ることが多いようだ。

「東のほうの国の地方でタチーカワといいます」

東京都立川市と発音しても、それっぽくないしね。

「その変わった武器もタチーカワで作られているのですか？」

「え、ああ、バットですか？　どうかな？　でも東の国で作っていることは確かです」

「へ～素晴らしい技術力ですね」

「本当は遊具なんですけどね」

「遊具？　どんな？」

「うーんと、球を投げてこのバットで打ち返すゲームです」

「面白いんですか？」

野球を知らない人にとっては当然の反応かもしれない。

「僕はやらないけど、タチーカワにもファンが一杯いますよ」

「どういうところが面白いのでしょう」

「そうですね。色々あると思いますけど」

たまに見ていた日本シリーズを思い出す。

「点数勝負で競ってる時に、凄いバットの振り手と凄い球の投げ手がぶつかりあうとハラハラしますね」

「ご冗談かもって思いましたが、なるほど、手に汗握りそうな遊びですね」

話が弾む。

「ところでトール様とディートさんはなんのためにアラゴンの街へ」

「えっと話してもいいかな？」

ディートに聞くと呆れた顔をされた。

「馬鹿にされるわよ」

「ううう」

厳しい世界では確かに馬鹿にされそうな話だ。

でも目の前の女性は興味津々といったように乗り出してくる。

「是非に。絶対に馬鹿になんかしませんから」

「それじゃあ、もともとアラゴンに行くつもりはなかったのですが……旅の途中で」

事の次第を説明した。もちろん日本から来た部分より後のことを。

「そうですか……山賊はもともと貧しい農民だったんですか」

「うん。それがわかると行商人のおじさんたちの荷物を返せとも言い難くて。悪いのは農民なんだけど、子供が飢えるしね」

「そんなことがあったんですか」

山賊の正体がわかったところまで話す。

時折、リリアナさんはジャンさんにも異世界語で話をする。

ジャンさんが途中で僕に異世界語で何か言っている。

リリアナさんはそれに対して異世界語で強く言い返している。

ディートに小さな声で聞く。

「ねえねえ、ディート。ジャンさんはなんて？」

「嘘だって言ってるわよ。言い返したら？」

あ～信じてすらくれなかったのか。

「別に嘘だと思われてもいいよ」

ディートが笑う。

「ふふふ。嘘つきのほうが変な人と思われるよりいいかもね」

こちらの会話はリリアナさんに聞こえてしまったようだ。

「嘘だと決めつけてないですよ」

リリアナさんも嘘と決めつけてはいないが、信じてもいないのか。

ちょっと悲しいが、仕方ない。

そんなことを思っていると、リリアナさんにウィンクされた。

「私は嘘をつく人よりも変な人のほうが好きです」

ディートに肘で突かれる。

ジト目で見ながら小声で言われた。

「嘘つきと思われてればいいのよ。嘘つきで。面倒くさいんだから」

「そ、そうか」

「女の人に弱いんだから」

「ええぇ？　そんなことないよ」

「美夕さんもマミマミ様も女じゃない」

「貧しい農民の人たちも行商人の人たちも、女ってわけじゃないのに助けてるじゃないか」

流れでそうなっちゃっただけだけど。

ディートとやり取りをしているとリリアナさんが割って入った。

「続きを聞かせていただいてもいいでしょうか？　それで農民の方々を結局どうしたんですか？」

「その場でお金や物をあげても根本的解決にならないから、租税と借金の帳消しか、せめて猶予を求めてピエール卿に会いに行こうかと」

ディートがリリアナさんに言った。

「ね？　馬鹿でしょ？」

「いいえ。私は立派だと思います」

「えええ？　でも、こんな話を信じられるの？」

「信じようと思います」

「どうしたら、こんな話が信じられるのよ？」

「さっき貴族のフリをしようとしていたこともピエール卿に会うためなのでしょう？　アレが演技とも思えませんし」

「アナタも変わった子ねえ」

リリアナさんが僕に笑いかける。

「ふふふ。トール様が嘘つきじゃなくて変わった人でよかったです。気が合いますね」

「むっ」

リリアナさんが友好的に接してくれてるのに、ディートが何故か不機嫌になる。

腕を組んでムスッとしている。

「どうしたんだよ？」

「別になんでもない」

リリアナさんが言った。

「ディートさんはトール様のような素敵な恋人がいて羨ましい」

えええええ？　恋人？

「ト、トールが？　ちちちち違うわよ」

「違うんですか？　じゃあお二人の関係は？」

「か、関係って」

「ただの冒険者仲間には見えませんが？」

ディートは僕とどういう関係だと思っているんだろう。

「と、友達よ。文句ある？」

友達か。文句なんて滅相もない。

「お友達ね。本当ですか？」

「なんでトールの嘘っぽい話は信じるのに私の話は信じないのよ！」

「信じてないってこともないのですが、自分でも気が付いてないってことだってあるんじゃないですか」

「も～意味わかんない～」

話を変えさせてもらおう。

「リリアナさんはピエール卿を知っているのでは？」

「どうしてそう思うのですか？　一介の冒険者の私が卿を知ってるなんて」

よかった。乗ってきてくれた。

「リリアナさんは上品だし、同じアラゴンが出身なら」

「トール様は頭もいいんですね。はい、本当はよく存じ上げています」

おお、そしたら紹介してもらえないかな。

「けれど、ピエール卿にお引き合わせをするのは断ります」

頼もうとしたことを先に断られてしまった。

「どうしてよ？」

ディートがリリアナさんに詰め寄る。

「ピエール卿は悪い人ではないので、貧しい農民のことを話せば上手くとりなしてくれるかもしれません」

「それなら……」

「でも、ピエール卿は高貴な身分の方としか会いません。逆に貴族であれば、客好きですから誰でも歓迎してくれます」

「ならアナタがトールを貴族として紹介してよ」

「私は嘘はつけません」

なるほどね。

そもそも会えないってことか。

そして、リリアナさんは嘘はつけないと。

でも、何か違和感がある。

「嘘も方便でしょ？　困ってる人がいるのよ」

「やっぱりディートさんも変わった人ですね。嘘はつけませんが、そうですね。もし会えた場合は……このように説得するのはどうでしょう？」

リリアナさんが提案してくれた方法は一休さんのようなトンチが効いたものだったが、なるほどと納得させるものだった。

「それなら説得できるかもしれませんね」

「可能性は高いでしょう。他にもピエール卿は名誉や風聞を気にされる方ですから、そこを突くのもいいかもしれません」

嘘をついてでも会う。

そしてリリアナさんの説得法を使う。

違和感の正体はわからないけど。

「お仕事の話は置いておいて、東方の物品をもっと見せてくれませんか？　興味があるんです」

「いいよ。じゃあ寝袋なんてどうかな？」

「これは……物凄く寝心地良さそうですね」

◆　◆　◆

乗合馬車がアラゴンの街に着く。

夜の帳が下りはじめている。

「どうしても、お断りされるのですか？」

「うん。悪いからさ」

リリアナさんは実家に泊まってはどうかと提案してくれた。

お受けしたいところだが、ディートの機嫌が悪くなると残った旅路が辛い。

「わかりました。また会えるといいですね」

「うん。いつか会えるといいね」

「すぐに会えるような気もしますが」

そうかな。

同じヨーミのダンジョンを探索する冒険者だから、すぐに会えるだろうということだろうか。

めちゃくちゃ広いし、結構たくさんの冒険者がいるからどうだろうか。

馬車の停留所に着く。

「それでは。また」

「うん。じゃあねえ」

リリアナさんとジャンさんが離れていく。

ディートが急に二の腕をつねってくる。

「いた！　なんだよ！」

「何よ。デレデレして」

「してないだろ。家に泊めてくれるって話も断ったし」

「当然でしょ。急ぎの旅なんだから」

プリプリしながらもディートが良さそうな宿を見つけてくれる。

「パーカーを売ったおかげでお金があるし、今日は僕が払うよ」

「自分の分は自分で払う！」

「そ、そう。じゃあ」

今まで色々払ってもらってるからって思ったのに……。

手続きはディートにやってもらう。

「はい鍵。明日の朝、食堂に集合ね」

「わかったよ」

えーと僕の借りた部屋は２０４号室、と。

異世界の文字も数字ぐらいはわかるようになってきた。

ディートの部屋番号はどこだろう。

と、思いながら２０４号室を開ける。

「ってなんでディートが僕の部屋にいるんだよ！」

ゆっくりとくつろごうかと思ったのに、部屋に女性がいたら僕にはとても無理だ。

「やっぱりお金もったいないと思ったから」

ううう。

そろそろゆっくり寝たいけど、考えてみれば寮でもこんな生活か。

せめて二つベッドがある部屋だったらよかったのに。

あ、そういえば。

「今日こそ寝袋を使うか」

「それじゃあ疲れ取れないでしょ！」

「一緒に寝るとディートはグーグー寝てるけど、僕は逆に疲れるんだよ」

「なんで？」

「別に……」

「別にってなんで!?」

本当にわかんないのかな。

◆　◆　◆

手早く朝食を済ませて、宿を飛び出る。

異世界の空は快晴で、どこまでも青い空が広がっていた。

「異世界は今日もいい天気だね」

「この辺は降水量が少ないからね。それが山賊が増える原因かもしれないけどね」

「ピエール卿のところに急ごうか。ところで、どこにいるか知ってるの？」

「城に住んでるからこの街の人なら誰でも知ってるわ」

地方領主なら城に住んでいてもおかしくないか。

戦争になったら防衛拠点になるのかもしれない。

「城か……そんな人に会えるのかな」

「最悪、何日も面会できないかもね」

「げっ」

「でも多分大丈夫よ」

「そうなの？」

「ええ」

ディートはかなり自信があるようだ。

「なら城に行こうか」

「先に雑貨屋に行きましょう」

「雑貨屋？　どうして？」

「箱がいるのよ。綺麗な箱がね」

「なんで?」

「お土産用よ」

「あ~日本へのお土産か」

確かに皆に買っといたほうがいいかもしれない。

気が付かなかった。

「なんでニホーンなのよ」

「え? お土産って言ったから」

「ピエール卿へよ」

やっとわかった。

「それで綺麗な箱か。中身は東方の珍しい品と」

「そういうこと」

「なんかあったかなあ。そうだ。ペンライトはどうかな」

「いいわね。ハッタリが効いてるわ」

雑貨屋で綺麗な箱を買う。

中にペンライトと使い方を書いたメモを入れた。

「お~それっぽい。城に行こう」

「まだね」

「え？」

「トールの服装をそれっぽくしないと。えーと服屋服屋。それっぽいのがあるといいけど」

「一枚学校用のＹシャツも持ってきてあるけど。そっちのほうが異国っぽいかもよ」

「そうしましょうか」

Ｔシャツの上にＹシャツを着て城に向かう。

門番が怪訝な顔をしてこちらを見ていた。

何か言ってくるが、僕は異世界語を話せない。

偉そうに胸を張ったら、後はディートに任せるしかない。

ディートは門番と何やらやり取りをした後にペンライトが入った箱を渡した。

門番が一人、城の中へ入っていく。

「なんだって？」

「最初は帰れとか言ってたけどね。あそこにいるトール卿の貴族サロンの仲間と一緒に、アナタに無礼を働かれたってピエール卿に言うって伝えたら、慌てて取り次いでくるってさ」

「さすがだね」

しばらくすると門番が走って戻ってきた。

ディートが翻訳するには、迎賓館でしばらくお待ちくださいとのことだった。

僕は慣れない偉そうな素振りで城の中庭を歩く。

ディートが笑いながらついてくる。

ディートは僕の従者役になるはずだ。

主人を馬鹿にしていていいはずがない。

「変に思われるぞ」

「だって～」

「ディートは僕の従者なんだろ」

「はいはい」

東方の国の地方タチーカワの領主の子息が、従者を連れて遍歴の旅に出ているという設定だ。

ピエール卿の名領主ぶりは東方の国にも聞こえており、この地方に立ち寄ったので是非ともご挨拶したいと伝えてある。

ペンライトが効いたのが、口上が効いたのか、はたまた僕の見た目が皆が言うように異世界人からすると育ちが良く見えるのか。

どちらにしろ立派な城の城主がこの程度で会えるのだから牧歌的だなあと思う。

そうでもないか。

日本だって政治家が芸能人と会ったりしているし。

ピエール卿は日本で言えば知事みたいなもんだろうしな。

あれこれ考えているうちに、迎賓館の一室に案内される。

壁は大理石か何かわからないけど石造りで、調度品に彩られている。

高そうな赤い絨毯とソファーがあった。

室内を見回しているうちに、いつの間にか門番がいなくなっていた。

「ふ～、異世界人を騙すの緊張するなあ」

「自分のためにやるんじゃなくて、貧しい農民とその家族を助けるためでしょ。堂々とやればいいのよ」

「そうだよね」

失敗したらあの子供たちも野垂れ死にしてしまうかもしれない。

ビビってる場合じゃないぞ。

全力を尽くさねば。

2時間ほどディートと作戦を立てていると、使いの人が来た。

ピエール卿が面会してくれるらしい。

「よし、行こう」

渡り廊下を通り、本城のほうに移動して、さらに廊下をしばらく歩くと大きな扉があった。

まるでピエール卿の権威を示しているかのようだ。

ディートが教えてくれた。

「ここが謁見の間だってよ」

大きな扉をくぐると縦長の空間で、さらに一段高いところに立派な椅子が鎮座している。

その席に座る、奇妙なドジョウ髭を左右に生やしたのがピエール卿に間違いないだろう。

顔は微笑んでいて、手にはペンライトを入れた箱を持っていた。

機嫌は悪くなさそうだ。

僕がディートに挨拶を頼むと、ピエール卿が笑いながら制する。

「私がピエール五世である。貴公がトール殿か」

なんとピエール卿は日本語もとい異世界でいうところのモンスター語を話しはじめた。

「モンスター語をお話しできるのですか？」

「ふぉっふぉっふぉ。若い頃は遍歴の旅をしていたのじゃ」

へ～。

「由緒ある家系でありますのに」

「当家の子弟は若い時分に見聞を広めることを家訓としている」

結構、話がわかりそうだぞ。

「そうだったんですね」

「トール殿の家もそのような決まりがあるのではないかね。ずいぶん遠いところから来られたと聞いたが」

「はい。父が見聞を広めてこいと」

「良きかな。良きかな。ところでその東方の国はどこにあるのかね？」

これについては受け答えを考えてある。

「ここから川を23本渡り、山を9つ越え、海を2つ越えたところにあります」

「なんと、そんなに遠いところからか」

「ええ」

「それで、この品もここのとはまったく違う匠の技が使われておるのか。実に見事なものじゃ」

ピエール卿はペンライトを点けたり消したりして感心している。

「旅の途中でしたので、気の利いたものも用意できずに……つまらないものですが」

「いやいや、大したものであるぞ。トール殿、今日はもちろん我が城に逗留してくれるのだろう？　食事などをしながら故郷や旅の話を聞かせてほしいものだ」

「はい。是非とも」

ここまでは予定通りだ。

「うんうん」

「ところで話は変わりますが、ピエール卿には政治に興味があるお嬢様がいると仄聞(そくぶん)しております」

「おお。おるぞ。ちょうど市井を見聞してきて帰ってきたところだ」

「私の地方は珍しい政治形態をしておりまして」

「ほうほう」

「我が地方の政治形態は、きっとお嬢様も興味を持っていただけるのではないかと」

好々爺に見えたピエール卿の目がギラリと光る。

「もしや我が娘を狙っているのか？」

げ。誤解された。

ピエール卿の娘は政治に興味を持っていて、民を思いやる気持ちが強いから貧しい農民の話をする時に同席させれば、きっと口添えしてくれるに違いないとリリアナさんから聞いていたのだ。

狙うつもりなどサラサラない。

怒らせたかと思ったらピエール卿は笑いはじめた。

「ウチの娘は相当気が強いぞ。もう何十人も結婚を薦めても誰も納得してくれんのだ。お互いに気に入ってくれるといいが」

「いや、そういうことでは本当になく」

「良い良い。わかった。夕餉（ゆうげ）には同席させよう。それまで客室でくつろがれよ」

やや誤解された気もするが上手くいった。

ほっとして謁見の間を出る。

「ここまでは上々だね」

「そうね。まさか婚活しはじめるとは思わなかったけどね」

ディートがまた不機嫌になる。

異世界人がよくそんな婚活なんて言葉知ってるな。

僕のスマホでネットサーフィンするからそれで覚えたのだろうか。

「別に僕が言い出したわけじゃない」

「どーだか」

「見てたじゃないか」

「玉の輿（こし）狙ってるんじゃないの？」

「いやいや、おかしいでしょ」

確かにウチの娘に手を出すなっていうよりも貰ってくれって言っているような気がしたけど、そんなつもりはサラサラない。

同級生の友達がいない以外、僕はどこにでもいる極普通の高校生なのだ。

いくら玉の輿でも異世界の貴族令嬢と結婚するなんてハードルが高すぎる。

◆　◆　◆

しばらく迎賓館の応接間で待っていると、使いの人が僕たちを呼びに来た。

案内された食堂には既にピエール卿と美しい女性が座っていた。

なるほど、あれが娘さんか。

おかしい、どこかで見たような気がする。

ディートが小声でつぶやく。

「あ、あれって」

「リリアナさん？」

あの時の冒険者のような格好ではなく、ドレスなのですぐには気づかなかったが、間違いなく馬車に同乗していたリリアナさんだった。

ピエール卿が紹介してくれた。

「トール殿。貴公が会いたがっていたワシの娘じゃ」

リリアナさんが席を立って、背筋は伸ばしたまま、片足を斜め後ろの内側に引き、もう片方の足の膝を軽く曲げる。

「ふふふ。やっぱりいらっしゃいましたね」

やばい。リリアナさんは僕たちが貴族ではないと知っている。

ディートも苦しそうな顔をしている。

「お前、トール殿を知っていたのか？」

「ふふふ。たまたま街に来る馬車で乗り合わせました。でもトール様にお父様の娘と話してはいませんよ」

「誠か。トール殿？」

少し迷ったが、こちらもピエール卿に知らなかったことを伝える。

「はい。存じ上げませんでした」

僕の言葉にピエール卿が身を乗り出した瞬間に、ピエール卿の後ろにいたリリアナさんにウィンクされた。

どうやら偽貴族と告発する気はないようだ。ほっとした。

「何故、話さなかったのだ。リリアナよ」

「お父様とトール様を驚かせたくて」

馬車の中で嘘はつけないとか言っていたしな。

貴族のフリをして紹介してもらうことはできなかったのかもしれない。

「まったくお前という奴は……。まあトール殿、座られよ」

「ありがとうございます」

会食は和やかに進んだ。

時折聞かれる『東の国』の情報を、異世界に照らし合わせて不自然にならないように話す。

「ほう。たこ焼きとな」

「はい。丸い溝が彫ってある鉄板に水で溶いた小麦粉とタコを入れて」

食事をしているからか、ほとんど食べ物の話になる。

ありがたい。

魔法やモンスターの話になったらお手上げだ。

技術の話もほとんどわからない。

それでも、しておかないといけない話もある。

政治の話だ。

僕は今、そのためにここにいる。

そろそろ切り出すか。

「ところで、実は道中でピエール卿の領民たちとも会ったのですが、かなり困窮している農民がいるようですね」

「そうなのか」

「東の国では、困った民には給付金や貸付金を出したりしますよ」

「ほうほう。我が領地でも領民に種もみや資金の貸付をしているのだがなあ」

あの農民たちは、昨年に起きたという凶作のせいでそれを返せなくなったらしい。

「返せなくなっている農民もいるようですね」

「とんでもない話だ。困っているから貸し付けたというのに」

ううう。怒っている。

まあピエール卿の立場からしたらそうなるよなぁ。

だけど、引き下がるわけにはいかない。

「でも、もう少し返済の期限を延長するとか給付するとかできませんかね？」

ピエール卿は明らかに表情をくもらせる。

「うーむ」

なんとか折れてくれないかと思っていると、ピエール卿が首を横に振る。

「借金の証文がどれだけあると思う。全員を許したら大変な金額になるぞ」

やはり無理か。

「お父様、トール様のお考えがわかりませんか？」

突如、リリアナさんが話に入る。

「トール殿の考え？　どういうことだ？」

僕の考え？　なんだろう？

あっ。ひょっとして馬車の中で聞いたトンチ話をするのだろうか。

「トール様はそんな証文は焼いてしまえと考えていますよ」

「な、なんだと？　トール殿、どういうことだ？」

僕が答えに窮しているとリリアナさんが語りはじめた。

「お父様、考えてもみてください。お金や穀物の種もみまで返せなくなった民はどうしますか？」

「夜逃げするだろうな。最悪、山賊になるかもしれぬ」

その通りだよ。

　実際、見てきたし、襲われたし。

「夜逃げをされたり、山賊になられたら、結局お金は戻ってこないのでは？」

「確かにその通りだ。だが証文を焼くとはどういうことだ。トール殿」

　ここからは僕がリリアナさんに教わったことを話す。

「証文で取り立てても農民は夜逃げをするだけ。逃亡先で卿のことをどう話すと思いますか？山賊をされたら農民に被害が出て、また貧しい農民を増やすのではないですか？」

「確かにその通りだが……」

「逆に証文を焼けばどうなるでしょう。領民を思う領主という世評がタダで手に入ります」

「ふーむ」

　ピエール卿は考え込んでから顔を上げた。

「そうだな。昨年の凶作で困っている農民に対しては証文を焼いてしまうか。トール殿の言うように一銭にもならない証文を大切にして悪口を言われたり、山賊をされたりしたらかなわんからな。タダで世評が買えるというのも気に入った。トール殿、礼を申し上げますぞ」

「あ、いや、まあ……」

　本当はリリアナさんが考えた案だと言いたかったが、この場は否定しないほうが上手くいくだろう。

自分の娘から言われるよりも、異国の貴族から言われるほうが効く。

リリアナさんが少し話を変えて雑談をはじめた。

「本当に素晴らしいですわ。トール様の国ではどのような政治がおこなわれているんですか？」

どうもリリアナさんは政治の話が好きらしい。

協力してもらったからには付き合わないといけないだろう。

「え、えっと、貴族の代わりに選挙で選ばれた人がやってますよ」

「選挙とは、一体どんなものでしょう？」

「皆で投票して、最多の人が代表になって政治をするんです」

「でも、それだと選ばれた人が傲慢になって好き勝手しませんか？」

「だから任期を設けるんですよ。任期が終わったら、また投票します」

「それは凄い！」

◆　◆　◆

ピエール卿との会談は無事終わった。

城にしばらく逗留することを勧められたが、ブーゴ村に急いでいることを伝える。

そもそも旅の目的は、コンさんを殺生石から解放してくれる人に会うことなのだ。

「残念だが、仕方あるまい。またアラゴンの街に来た時は当城に寄られよ」

「ありがとうございます」

ピエール卿にはかなり気に入られたようだ。

遠方の国の貴族というのもバレていない。

「お父様、せめてアラゴンの名所をご覧になっていただきたいですし、途中までトール様をお送りしてよいでしょうか？」

「おお、それは良いことじゃ。送って差し上げなさい」

「ええええっ？　それはちょっと～」

途端にディートの機嫌が悪くなる。

僕が断ろうとするとリリアナさんが小声で言った。

「山賊さんたちの借金が免除になることを、少しでも早く伝えて安心させてあげたいので」

なるほど。領主の娘であるリリアナさんが伝えれば安心するか。

襲われた場所はブーゴ村から遠いけどね。

ピエール卿とは食堂で別れる。

リリアナさんは着替えてくるようだ。

「私は旅装(りょそう)に着替えてまいりますので城門にて」

案内の人に城門まで送られ、荷物を受け取る。

ディートは不満気だった。

「なんで、あの子に送られないとなんないのよ」

「さっき小声で言ってたんだけど、あの農民たちをいち早く安心させたいからだってさ」

「そうか。そういうことね」

「そそ。早くしないと子供のために山賊に戻っちゃうかもしれないし」

「なら仕方ないか」

しばらくすると、リリアナさんと従者のジャンさんがやってきた。

「お待たせしました」

彼も一緒か。

僕に対しての態度がややトゲトゲしいんだよなあ。

「では出発しますか?」

僕が言うとリリアナさんが止めた。

「ちょっとお待ちください。今、馬車を手配しましたから」

「おお、ありがとうございます」

ディートと二人の時は乗合馬車というバスのような馬車だったが、さすがに貴族ともなると自分の馬車を持っているようだ。

◆　◆　◆

ジャンさんが貧しい農民たちから話を聞いて驚いていた。

「トール様は嘘なんてつかないって言ったのに」

リリアナさんが笑う。

「ジャンはあんまり浮世離れした話だったので、嘘だと思ったそうです。許してあげてください」

どうやらジャンさんは、僕が農民を助けようとしていたことを嘘だと思っていたようだ。

「そんなに変かなあ」

僕がつぶやくとディートも言った。

「まあ私もトールを知らなかったら、絶対ジャンと同じように嘘だと思ったわ」

貧しい農民たちが、ひたすらリリアナさんに頭を下げて感謝していた。

どうやら今ある借金をチャラにした上で、新しい生活資金の貸し付けをすることになったようだ。農地も貸し出すらしい。

「感謝の言葉は、あそこにいるトール様に直接伝えてください、と言いましたわ」

「えええ？　僕？　ほとんどリリアナさんがやってくれたじゃない」

僕がしたことは、せいぜいピエール卿に会いに行ったことぐらいだ。

「皆さんを助けようとしたのも、父に会われて説得されたのも、トール様ですよ」

「借金をチャラにする説得方法を考えたのはリリアナさんじゃないか」

「説得ができたのはトール様がいてくださったからです」

「え？　どういうこと？」

「父は損得や名誉に関する判断はできても、娘の意見となると聞いてはくれなかったでしょう。今回は異国の貴族の方の意見だったから耳を傾けてくれたのです」

なるほど。娘の意見は正しくても聞けないけど、初めて会った貴族の意見だと聞いてしまうのか。そういうものかもしれないな。

「でも結構話のわかるお父さんだよね」

「そうですか？　苦労していますよ」

父娘で同じことを言い合っていて苦笑してしまう。

とりあえず貧しい農民の件はこれで一件落着だ。

「リリアナさん、色々ありがとう。じゃあ僕らはブーゴ村に用がありますからこれで」

「ブーゴ村までお送りしますよ」

「えええ？」

「だってここからは乗合馬車も出ていません。私の馬車でならお送りできますよ」

確かにそうだ。

ここはオルレアンとセビリダの間にある山賊の待ち伏せに適した林の中。

もちろん乗合馬車など出ていない。

リリアナさんの馬車で行けば、かなりの時間短縮になる。

リリアナさんがもう一度、そのほうがいいとうながした。

「それじゃ、お言葉に甘えることにしようか？　ね？」

ディートのほうを見る。

明らかに不満そうだが、僕には学校がある。

「学校があるからさ」

「はいはい」

不満気ではあるが、急ぎの旅だということは理解してくれたらしい。

僕とディートが馬車に乗り込む。

リリアナさんと一緒にジャンさんも乗るのかと思ったら、ジャンさんは城に戻るらしい。

「じゃあ、ジャンはお父様に報告に帰ってね」

リリアナさんと僕たちを乗せて、馬車は発車した。

「ジャンさんは来ないんですか？」

「実は、トール様が山賊まがいの行為をした農民を助けようとしているのが嘘か本当かでジャンと賭けをしていたんです。私は本当のほうに賭けて、勝ったから帰ってもらいました」

「あ～なるほど」

お嬢様はお目付け役ナシで自由な旅を満喫したいらしい。

林を抜けると丘陵地帯が広がっていた。

快晴の中、馬車は進んでいく。

◆　◆　◆

僕は馬車の中で質問攻めにあっていた。

「タチーカワはどんな街ですか?」

リリアナさんは会食の時に話した選挙制度などによほど感心したようだ。

「どんな街って言われても、まあ地方都市って言ったらいいのかなぁ?　いや都市の中の田舎って言えばいいのか?」

「人口はどれぐらいいるんですか?」

げっ。

確か17、8万人ぐらいだけど、異世界で17万人の都市って言ったら超大都市になってしまうのではないのだろうか。

少なめに言ったほうがいいのか。

オルレアン・セビリダ・アラゴンの街と見てきたけど、オルレアンが一番人がいる気がした。

何人ぐらいなんだろうか。

隣のディートにこっそり聞く。

「ねね。オルレアンって人口何人ぐらい？」

「15万人ぐらいって言われてるわよ」

へ～、じゃあ17万人ぐらいって本当のことを言ってもおかしいとは思われないかもしれない。

「えーと17万人です」

「タチーカワは17万人もいらっしゃるんですか！」

リリアナさんがめっちゃ驚いている。

やべえ。また何かやってしまったか。

「ダンジョンという産業があるオルレアンですら15万人なのに」

な、なるほど。

あそこはダンジョンが産業化してる都市なのか。

どうりで立川の駅前並みに人がいると思った。

とは言っても北口には敵わず南口ぐらいだけど。

「タチーカワにはどんな産業があるんですか？」

「さ、産業？」

「何かあるんでしょう？」

う、うーん。

大都市東京のベッドタウンであることとか、新宿から中央線一本で30分ぐらい以外に何かあるんだろうか。

あ！

確かウドの産地のはずだ。

「ウ、ウドかな」

「ウドってあの野菜の？」

「う、うん。タチーカワは東の国一のウドの産地だよ」

「そ、そうですか」

ディートが僕の脇を肘で突く。

「馬鹿ね。ウドが17万人も支えられる産業になるわけないじゃない。疑われるわよ」

「そ、そんなこと言ったって後はアニメぐらいじゃないか？」

「アニメか。面白いけどこの子に言ってもわかんないだろうしね」

ディートは僕のスマホでアニメを知っているようだが、異世界人にはわからないだろう。

そういえばセビリダは交通の要衝だった。

「こ、交通の要衝なんだよ。それで大きな街になったんだ」

「なるほど」

立川が交通の要衝かと言われると微妙なところだが、色んな路線が通ってるし、それらを利用する人々が住んでいるから嘘ってわけでもない。

リリアナさんが真面目な顔で僕を見た。

「トール様、嘘をついているとは思いませんけど、私に何か隠していませんか？」

うっ。

多すぎて何のことを言われてるかもわからない。

「いや、特別隠していることは何も」

「ふ～ん」

そう。全体的に隠しているだけで特別隠してることはないのだ。

自分に苦しい言い訳をしているのがわかる。

「まっ。いいです。ミステリアスなのも興味深いです」

「興味深いって僕が？」

「はい！」

まあ異世界人にとってはそう思えるかもしれない。

「まあ東の国の珍しい品を持っていたり、服も変わってるからね。話も珍しいだろうし」

「違いますよ。トール様が面白いんです」

え？　日本の話じゃなくて？

「僕が？　どうして？」

「だって、自分とはまったく関係ない商人や、ましては自分たちを襲った農民のために、芝居してまで助けようとしたりしますか？　東の国ではそれが普通なのですか？」

日本では普通かと言われれば、まあ考えてみるとほとんどの人はしない気がする。

「あんまりしないかなあ」

「でしょう。それはトール様だからですよ」

「でも子供たちを見たらほっとけないだろ」

「多くの人はそこまで関わろうともしないんですよ」

スライムや巨狼やエルフや女騎士にも関わらないかも。

ましてや悪さをするかもしれない狐なんか。

自分でもわからないが、関わってしまうとほっとけなくなる。

世話焼きだったおばあちゃんの影響が大きいとは思う。

「お節介なのかな」

「トール様のそういうところ素敵ですよ」

ダメなところかなあと思っていたのに、意外にも真っ直ぐに褒められる。

しかも満面の笑みだった。

また肘鉄が飛んできた。

「ぐわっ」

「にやけてるわよ」

「なんで肘鉄してくるんだよ」

ディートとそんなやり取りをしているとリリアナさんが聞いてきた。

「トール様は貴族ではありませんし、ディートさんも従者ではないんですよね？」

「ええ。あれはピエール卿に会うための方便でした。すいません」

「いえ、いいんですよ。貴族と名乗らなければ父も会わなかったと思いますから。でも貴族と従者でないならお二人はどんな関係なんですか？」

「か、関係？」

「どんな関係って……」

冒険者の先輩とか秘密を共有する仲間とか？

でもやっぱり友達だろうか。

「と、友達かな」

「そ、そうよね。友達よ」

ディートも同調してくれる。

顔は真っ赤だけど。

僕もそうだが、ディートも友達を友達と言うのを恥ずかしいと思うタイプらしい。

「本当ですか？」

「本当って、本当だよ」

「もっと親密そうに見えますけど」

「親密って？」

「そうですねぇ……恋人とか？」

否定しようとしたら、ディートが友達と言われた時よりも真っ赤な顔で否定した。

「ち、違うわよ。馬鹿馬鹿馬鹿」

馬鹿と言われながら何故かポカポカと叩かれる。

「いて、いててててて。なんで僕を叩くんだよ」

これは話題を変えないと身が持たない。

「と、ところでさっきの賭けの話ですが、もしジャンさんが賭けに勝ってたらどうなってたんですか？」

リリアナさんが勝った場合は、お目付け役のジャンさんは城に帰るというものだった。

負けた場合のジャンさんの要求はなんだったんだろう。

「そ、それは～」

ずっと快活だったリリアナさんの歯切れが急に悪くなる。

「秘密です」

「秘密……」

なんで秘密？

「と、ところでトール様とディートさんはどうしてブーゴ村に向かっているんですか？」

はぐらかされた気がする。

しかも、この質問も答えにくいぞ。

「え、えっと僕の国に封印されたモンスターがいて」

「ああ、封印が解けかかっていて、再度、封印するんですね」

いや逆なんだけど。

けどモンスターの封印を解くなんて言ったら大反対されるんじゃないだろうか。

「ま、まあ、ちょっと違うけど、そんなところだよ」

曖昧に誤魔化す。

「それでブーゴ村なんですね。ツチミカド家のオンミョウジは有名ですもんね」

「え？　オンミョウジ？」

どっかで聞いたことあるような響きだ。

オンミョウジ、オンミョウジ……陰陽師⁉

昔の日本のアレか？

リリアナさんの言葉にディートがうなずく。

「当代のツチミカド家とは何回か一緒に冒険したことあるの。封印術にも詳しいしね」

ちょっと気になるから聞いてみよう。

「ディート、オンミョウジとかツチミカドって何？」

「オンミョウジは非常に珍しい術を使う職業のことよ。ツチミカド家はその職業の家系なの」

ディートの話によると、珍しい職業は血統によることが多いらしい。

僕の管理人という職業も血統によるものなんだろうか。

蒸発したダメ親なんだけどな。

◆　◆　◆

日が落ちはじめた頃に、やっとブーゴ村に到着した。

「やっと着いたね」

本当はコンさんの封印を解ける人を探しに来たのに、かなり遠回りしてしまった。

「リリアナさんはどうします？」

「夜に馬車を走らせると危険なので村に一泊しようと思います。でも……」

言いたいことは僕にもわかった。

この村は日本の村と違って本当の意味で村だった。

ログハウスみたいな家が十軒ほどしかない。

宿なんてあるんだろうか。

考えていたことを見透かしたように、ディートが言った。

「宿なんてないわよ」

だよな。

「そうですよね」

ディートがため息をついた。

「はぁ~仕方ないわね。アナタもツチミカドの家に泊まれるように頼んであげるわ」

ということは？

「僕らもツチミカドさんの家に泊まるの？」

「そうよ」

「急に押しかけちゃって大丈夫？」

急に三人で押しかけても、ログハウスでは対応できないんじゃないだろうか。

馬車の御者さんもいる。

「ツチミカドの家は結構広いから大丈夫よ」

「広い？」

小さなログハウスばかりだが。

ん？　村の中にログハウスが集合している場所があった。あの固まりは……。

暗いし、少し距離があるからよく見えないけど、渡り廊下とかでつながっている？

あの固まりだけ他のログハウスとは雰囲気が違った。

「あそこ？」

指差して聞くとディートが肯定する。

「そうそう。行きましょう」

近づくとわかった。

なんだか日本家屋というか昔の寝殿造りのような家だ。

しかも、庭にあたる部分は日本庭園のようになっていて、庭木の手入れを紙のような人たちがしていた。いや紙のような人たちというか人型の紙だ。

「な、何あれ？」

「アレはシキガミっていうオンミョウジの使い魔よ」

第五章　異界の国の陰陽師

式神だって？

リリアナさんも驚いている。

「話には聞いていましたが、初めて見ました」

あんまり詳しくないけど、やっぱり日本の陰陽師で間違いなさそうだ。

ディートがシキガミに話しかける。

「主人を呼んできて」

人型の紙の一人（？）が、ディートにコクコクとうなずいて屋敷に入っていく。

しばらくすると、日本人であれば中学生になったばかりぐらいの少女が出てくる。

日本人っぽい雰囲気もあるが、髪色は青色だ。

この少女にコンさんを解放なんてできるんだろうか？

「ディート、あのさ……」

「誰？」

僕が話しかける前に、ディートが誰とか言い出したぞ。

一緒に冒険したことあるんじゃないのか。

とまどうディートに少女が何やら話しかけている。

「そんな……。エミリは死んじゃったの？」

「えええ？」

◆　◆　◆

少女の家でディートから事情を聞いていた。

どうやらディートが会おうとしていた人物は既に死んでいたらしい。

僕が呆れる。

「そりゃ五十年も昔の話なら死んでいてもおかしくないよ」

「人間の寿命って短すぎでしょ」

ディートは千年も生きられるらしい。

ってかホントに二百十歳なんだろうか？

聞くのがちょっと怖い。

ディートと僕の会話に少女が割って入ってきた。

彼女もモンスター語を話せるらしい。

「祖母が冒険者をしていたというのは聞いています。つまりディートさんは私の祖母と冒険者仲間だったというのですね？」

「そうそう。リュウちゃんのおばあちゃんとは気が合って、結構長いこと一緒にパーティーを組んでいたのよ」

少女は先ほどの自己紹介で、ディートの知り合いのお孫さんで十三歳のリュウちゃんということがわかった。

ディートにも長く付き合える冒険者仲間なんていたのか。

「そうでしたか。祖母にどのようなご用件だったのでしょう？」

「実はちょっとした頼み事があったんだけど」

ディートの話によれば、庭の手入れにシキガミを複数同時に使役していたリュウちゃんの力は祖母にも劣らないのではないかという。

封印は施すよりも解除のほうが力は必要ないので、リュウちゃんに頼めるのではないかとのことだった。

「なるほど。ただ私の祖母と知己(ちき)だったとおっしゃられる方はたまにいらっしゃるんですよね。頼み事をする人も」

「ちょっと、私の話を疑うの？」

「いいえ。疑っていません。ディートさんの魔力は十分に感じますし、私の家の特殊魔法についても詳しいようですし」

先ほどディートと異世界語で話していた。

魔法の話もしていたのかもしれない。

ディートの魔法の実力や知識的には、リュウちゃんのおばあさんの知り合いであることを疑ってはいないようだ。

だが、リュウちゃんの顔が険しくなる。

「祖母はかなり破天荒（はてんこう）な人間で、ツチミカド家の使命も忘れて飲む打つに溺れていたとか」

飲む打つ。酒と博打か。

ディートと気が合いそうだ。

ツチミカド家の使命ってなんだろう。

「ま、まあ、酒はかなり好きだったわね。博打も」

「そういう祖母ですから、知己の方であってもおいそれと頼み事を聞くわけにはいかないのです」

なるほど。知り合いは簡単に言うと輩かもしれないと。

「頼み事の内容は？」

「モンスターの封印を解いてほしくて」

リュウちゃんの幼さを残す顔がますます険しくなった。

「モンスターの封印を解く？　封印されるようなモンスターは危険なモンスターばかりということはわかっていますか？」

「ちゃんと対策はするわ」

「たとえ結界の中で解いても安全とは限らないですよ」

ディートはマミマミさん立ち会いのもとで解くことを言ったんだろう。

リュウちゃんは結界の中で解くことを考えたようだが。

「どのようなモンスターを？」

それを聞かれると辛い。

モンスターに詳しいディートはなおさらのようだ。

「コンっていうモンスターなんだけど」

「名前ではなく特徴を教えてください」

「狐……九尾の……」

「九尾の狐ですって？」

リュウちゃんがバンッと机を叩いて立ち上がる。

「何を考えてるんですか！　危険度超S級ですよ！　国を滅ぼすモンスターなんですよ！」

九尾が国を滅ぼすという伝説はここでも有名らしい。

ディートもリアも言っていたしな。

「多分、大丈夫だから」

「どうして？」

「どうして、って大丈夫って言うから」

「誰が大丈夫なんて気軽に言うんですか？」

ディートが僕をチラリと見る。

リュウちゃんが僕をにらんだ。

「アナタですか？」

この剣幕ならディートを責められまい。

そもそも僕のワガママだし。

「そうだけど、なんとか頼めないかな」

「まだ駆け出しの冒険者って風ですね。九尾に誘惑されたのでは？」

「い、いやそんなことはないよ」

「どちらにしろ、どこの馬の骨とも知れない人のそんな無謀な頼み事は聞けません」

う、馬の骨と言われてしまった。

まあ、確かに異世界人からしたら怪しい格好や雰囲気を出しているかもしれない。

「本当は追い返したいところですが、もう夜ですし村には宿もありません。一泊してお帰りください」

そう言い残してリュウちゃんは部屋を出ていく。

ディートとリリアナさんと部屋に残される。

すぐに人型の紙シキガミがやってくる。

「な、なんだ？」

腕を引っ張られて立ち上がらされ、背中を押される。

ディートやリリアナさんもシキガミに背中を押されている。

二人と並びの個室に案内される。

ベッドがあった。

どうやら宿泊用の個室のようだ。

ベッドに腰掛ける。

「取りつく島もない」

どうすればいいんだろう。

――トントン
そんなことを考えていると部屋の扉をノックされた。

「トール、いい？」

ディートの声だ。

「あ、どうぞ～」

扉を開けてディートが部屋に入ってくる。

「ごめんね。まさかエミリが死んじゃってたなんて」

ディートがベッドの隣に座る。

「いやディートが悪いわけじゃないし」

「まさかあんな堅物の孫がいるとは」

「堅物じゃなくても、伝説にまでなっている危険なモンスターを解放してくれって言っても断られるよなあ」

「特にツチミカド家はオンミョウで魔を払い民を救うっていうのを家訓にしてるしね」

「あ〜そうなんだ」

それじゃあなおさらやってくれないだろう。

「破天荒なエミリさんだったら家訓とか関係なかったのにね」

「ううん。確かにエミリは酒もヨーミの地下でギャンブルするのも大好きだったけど、ツチミカド家の家訓はちゃんと守っていたわよ。私が何回か聞いたぐらいだもの」

「言ってただけじゃないの？」

「冒険者ギルドではモンスター退治の仕事を積極的に受けていたわ」

「破天荒ではあっても家訓は守っていたのか。でも結局エミリさんに頼んでもダメだったんじゃないの？」

「少なくとも事情は聞いてもらえるでしょ。何度も一緒に冒険した仲なんだから」

なるほど。

そうかもしれない。

「でもディートは僕に詳しい事情も聞かないよね？」

「マミマミ様に勝てるモンスターなんかいないでしょ。それに……」

「それに？」

「まあトールには協力してあげたいし、信用してるし」

「あ、ありがとう」

「うふふ」

「えへへ」

二人で笑い合ってると急に部屋の扉が開く。

リリアナさんだった。

「リリアナさん」

「お二人はずいぶん仲がいいんですね」

僕とディートは慌てて離れた場所に座り直す。

「どうしたんですか？」

「改めてリュウちゃんが話を聞いてくれるらしいですよ」

「ええ？　本当？」

「本当です。先ほどの部屋に行きましょう」

一体どうやって説得したんだろうか。

◆　◆　◆

さっきの部屋に戻る。

部屋にはリュウちゃんと見覚えがあるおじさんがいた。

「あれ？　おじさん！」

馬車で乗り合わせた、貧しい農民に荷物を盗られかけた行商人のおじさんBだ。

おじさんは日本語がわからないけど、にこにこ顔で挨拶をしてくれる。

なんでここに？

リリアナさんが教えてくれた。

「この村に来る馬車に乗り合わせたって言ったでしょ？　寒村に物資を届けるとか。それがブーゴ村なら宿もないし、行商人はここに泊まるんじゃないかと思って」

リュウちゃんも言う。

「この方は村に必需品を届けてくれる商人で、当然私も村民もお世話になっています」

なるほど。

こんな辺鄙（へんぴ）な村の近くに向かう乗合馬車に乗っていたんだったら、そういうこともあるか。

しかも客人を泊められる家はここしかないのだ。

「トールさんはこの方を助けてくださって、しかも山賊になりかけた周辺の農民を救うために芝居を打ってまでピエール卿にかけ合ってくださったとか」

「うふふ」

リリアナさんが笑っている。

あの一件を話してくれたのか。

「実は私も不思議に思っていたのです。農民の方々の夜逃げで放棄された畑をシキガミで支えていたんですが、そのシキガミが続々と帰ってきたのはどうしてかと。さすがにシキガミ使役の負担が大きかったので助かりました」

「そんなこともやられていたんですか」

畑は放っておくとすぐにダメになってしまうと聞いたことがある。

ディートが感心した。

「へ〜。シキガミを遠くの畑まで遠隔操作するなんてエミリより凄いわね」

「はい。私は一族の血が濃く、都にいる父から、魔法の力はこの地にやってきてツチミカド家の家訓を作ったセイメイ以来と言われているのです」

オンミョウジのセイメイだって？

どこかで聞いたことがあるっていうか……映画とかにもなってるアレじゃね？

なんで？　なんで異世界にいるの？

晩年、移り住んだのか？

「それゆえに、家訓を守ることに慎重にならざるを得ませんでしたが……」

リュウちゃんが僕を見て微笑む。

やっと中学生ぐらいの女の子の笑顔を見れた。

「トールさんはとてもいい方のようですし、話を聞かないといけないようですね」

「本当に？　ありがとう！」

見返りを求めてたわけじゃないけど、学校を休むことになっても寄り道した甲斐があった。

「まずはどうして九尾の狐の封印を解こうとしているのか教えてくれませんか？」

実はコンさんに頼まれたからって以外にもちゃんとした理由がある。

「九尾の狐、コンさんは肉体は殺生石、精神は女の子に封印されてるみたいなんだ」

「はい。そういう種類の封印もありますね。それが封印を解くこととどのように関係してるんですか？」

「実は女の子のほうは代々コンさんに取り憑かれていて、母親から娘へ継承されていく仕組みみたいなんだけど」

狐神さんの様子を思い出す。

「今、取り憑かれている女の子の体調が凄く悪そうなんだ。コンさんが封印から解かれたいと言い出したのと彼女の体調の悪化は時を同じくしている」

「つまり……九尾の狐の精神の封印の触媒にされていることが、女の子の体調悪化の原因になっているのではないかということでしょうか？」

「そうそう！」

「その可能性は十分にありますね。封印を解いてしまえば、その女の子の体調が治るんじゃないかということですね」

「それ！　単純にコンさんの頼みを聞きたいってだけじゃないんだよ」

リュウちゃんは僕の推測と同じような考えをしてくれた。

と、思っていたのだが。

「なるほど……それは封印が解けかけているのかもしれませんね」

「どういうこと？」

「封印が解けかけているから女の子の体に悪い影響を与えるのです。それならもう一度封印をかけ直してしまったほうがいいのではないですか？」

「ええ。うーん。コンさんも封印を解いてほしいって言ってるし、狐神さんっていうんだけど、彼女もそれを望んでいるのだから解いたほうがよくないですか？」

「やはり封印のほうが安全です」

「でも……」

コンさんは狐神さんや歴代の狐神家の女性と仲良くしてきた。

それにコンさんは狐神さんを救いたくて、封印を解いてほしいと言ったのではないだろうか。

数百年、あるいは千年単位で狐神家の娘と仲良く共存していたのだから、もともとは悪いモンスターだったとしても救いたいという考えになったのでは？

「トールさんはご存知ないかもしれないですが、九尾の狐は本当に危険なモンスターなんです」

「いや、でもこっちには対モンスターの最……」

最終兵器と言いかけてやめた。

マミマミさんのことを言ってもなかなか信じてくれないだろう。

「私は封印をかけ直したほうがいいと思いますが……とにかく行きますか」

「おお。来てくれるの？」

「はい。封印のかけ直しであれば、魔を払い民を救うというツチミカド家の家訓にもそぐいますから。殺生石も見にいかないといけませんしね」

どうやら封印を解ける人を連れていくという旅の目的は果たされるようだ。

今のところは封印をさらにかけ直すつもりのようだが。

◆　◆　◆

翌朝、皆でツチミカド邸の玄関に集まる。

リュウちゃんはシキガミにあれこれ指示をしている。

完全自動操縦にすれば、距離的に離れていても二週間はその通りに動き続けるらしい。

リリアナさんが僕のところにやってきた。

「とりあえず、旅の目的を果たせそうでよかったですね」

「はい！　リリアナさんのおかげです」

リリアナさんがいなかったら、ピエール卿もリュウちゃんも説得はできなかっただろう。

「じゃあ私は父のところに帰りますので、これでお別れですね」

リリアナさんはかなり長く城から出て見聞を広げる旅をしていたそうだから、一旦父親がいる城に帰るのだろう。

「本当に色々とありがとうございました」

「トール様にディートさんがいなかったら……」

「ん？　いなかったらなんですか？」

「ううん」

「なんですか？」

「いなかったら、もう少し旅に付き合ってあげようかと思ったんですけどね。ほら駆け出しでしょ？」

リリアナさんは僕を駆け出し冒険者だと思っているようだ。

まあ実際そうだけどね。

「まあ、ディートは頼りになりますからね」

「うん。でもディートさんって気が短そうだし仲間割れするかもしれないですね。そしたらアラゴンの城に来てくださいね。冒険に付き合ってあげますよ」

僕とリリアナさんが笑っていると、ディートがやってきた。

「何笑ってんの？」

「いや別れの挨拶だよ」

「ふーん」

リリアナさんと別れて、ディートとリュウちゃんでセビリダ行きの乗合馬車に乗った。

「さっきは何を話してたのよ」

馬車が動き出すとすぐにディートに聞かれてしまった。

「いや別に。とりあえずリュウちゃんが来てくれることになってよかったねってさ」

「じゃあなんで笑ってるのよ」

「いや別に。にこやかに別れの挨拶をしてただけだよ」

そんなやり取りをしているとリュウちゃんが暗い声を出す。

「余裕ですね。九尾の狐と対峙するというのに」

リュウちゃんの格好はまさに陰陽師だった。

烏帽子（えぼし）っていうんだろうか？

平安時代の人がしてそうな帽子に、ちょっと神社の人にも似ている白い衣を着ている。

狩衣（かりぎぬ）というらしい。

「リュウちゃん、凄い格好だね」

「戦装束ですから。相手は九尾ですよ」

ああ、そういうことか。

「ところで異世界じゃ普通の格好なの？　馬車の御者のおじさんもそんなに驚いてなかったけど」

ディートが首を振る。

「見ないけど、まあこっちの世界は謎の少数民族や人間とハーフの種族や亜人種なんかもいるから格好も色々よ。トールもそこまでは珍しがられなかったでしょ？」

「なるほど」

確かにそれほどは驚かれなかった。

「でもまさか日本の陰陽師の服を異世界で見れるなんて」

ディートが慌てる。

「ちょっと、ニホーンのことを気軽に言わないほうが」

「いやだって、リュウちゃんは日本に来ないといけないし、隠す意味も」

「っていうよりニホーンにオンミョウジがいるの？　魔法はないって言っていたじゃない」

「いや魔法はないけど昔は陰陽師がいたって話もあるんだよ」

ところがディート以上に慌てているのはリュウちゃんだった。

「ト、トールさん、今、ニホーンって言いましたか⁉」

「あ、うん言ったけど」

「トールさんはニホーン人？　いやそれよりもニホーンにはオンミョウジがたくさんいるんですか⁉」

めちゃくちゃ詰め寄られる。

「い、いや。たくさんはいないかな。というか今は一人もいないかも。でも伝説はたくさんあるんだ」

「私の家はニホーンから来たという伝説があるんです」

「あ、ああ……」

例のツチミカド家の家訓を作った人ってあの人だよね。多分……。

「何か思い当たることがあるんですか？」

「ま、まあ」

僕が知っている知識を話す。

陰陽師といえばあの人っていう伝説のあの人の話だ。

「その話は何年前の話ですか？」

「え？　いつだろう？　待って。平安中期かな。千年ぐらい前かも」

「私の家に代々伝わっていることと一致します」

伝わっていることってどういうことだろう。

「伝わっていることって？」

「私の死後、千年ほど後にニホーンから少年が訪れんってセイメイが巻物に書き残しています。一種の予言の書とでもいいましょうか」

な、なんだって？

「ひょ、ひょっとして僕のこと？　その続きは？」

「実は祖母のエミリが……」

エミリさんの名前が出てきた。

なんとなく嫌な予感がする。

「巻物に書かれていたのですが、後半の部分は祖母が酔っ払って嘔吐(おうと)して汚して千切れてしまい……」

ディートが額を押さえている。

「でもご親族の誰かが見てるだろうし、内容は聞いているんでしょ？」

「巻物は忘れられていた蔵の奥で祖母が見つけたらしく。死ぬまで内容を語らなかったのです」

「どうして内容を語らなかったんだろう」

「今となってはわかりません……」

何が書かれていたんだろうか。

ディートが急に思い出したように言った。

「そういえば彼女なんか言ってたわ。見つけた巻物がどうのこうのって」

「聞いてたんですか？　どんなことですか？」

リュウちゃんが身を乗り出してディートに聞く。

僕も気になる。

日本からの少年というのは僕の可能性が高い。

「えっと……そうそう。先祖の巻物が見つかったとか言ってたけど、ちょうどその頃エミリの酒量がさらに増えたのよ」

「酒量が……気になりますね」

「で、冒険の後にいっつも酒場に行って……それから、なんだっけかなあ？」

「それで？」

「……」

ディートの話が止まる。

「忘れたの？」

「仕方ないじゃない、五十年も前の話なのよ」

確かに仕方ない。

リュウちゃんも頭を抱えた。

「思い出したら教えてくださいね」

「わかってるって」

エミリさんは巻物を見てさらに呑んだくれたのか。

どういうことだろう。

馬車は音を立てながら街道を進んでいく。

◆　◆　◆

「真神？　本当ですか？」

「ああ、知ってるんだ」

ヨーミのダンジョン地下四層を歩きながらリュウちゃんと話す。

「もちろん知っています。確かに真神ならば、九尾の狐よりも格上でしょう。しかし、本当に真神がトールさんの言うことを聞いてくれるんですか？」

「あんまり聞いてくれないけど。風邪引くよって言ってもお腹を出して寝るし、ゆっくり食べたほうがいいって言ってもどんぶりをかっ込んで食べるし」

「全然、聞いてくれないじゃないですか」

「でも、性根の悪い狐ならワシが焼入れしてやるって言ってたから」

「うーん。真神のような神格の高い存在がそんなことを言いますかね」

僕だってそう思うけど、実際に言ってるし。

「トールさんがニホーン人でヨーミのダンジョンとニホーンが通じているって話も……私をかついでいませんよね？」

「僕自身だって最初は信じられなかったよ。急に学生寮が異様な遺跡とつながっていたんだから」

「しかし、伝説のニホーンがそんなところだったなんて」

「魔法なんて誰も使えないよ」

異世界で日本はある種の理想郷のように思われている。

当然、魔法文明が発展しているところだと思われているようだ。

「話を聞いたところ、モンスターどころか動物も大事にしてなさそうですね」

「う……それを言われると辛い」

僕が言葉に窮していると、ディートがかばってくれた。

「私は寮までしか行ったことないけどいいところよぉ。寝具は気持ちいいし、ご飯は美味しいし。きっと魔法の代わりに科学っていうのが発展しているのよ」

「その科学っていうのがよくわかりませんね。怪しげな地方魔法に思えます」

異世界では陰陽師もそういう立場だったんじゃないのか。

「魔法じゃないよ。ちゃんと仕組みや原理とかがあるし」

「魔法は仕組みありますよ」

魔法に仕組みあるのかよ。

まあ僕の魔法は『ひらけゴマ』ぐらいなもんだけど。

全然、理屈を知らずに使っている。

「着いた。木野先輩の部屋の前だ」

木野先輩のキノコ栽培室の前の鉄扉に着く。

この鉄扉に『ひらけゴマ』と言うと魔力が消費され、扉が開くというのが僕の魔法だ。

「なんでキノコの奴の部屋の前に？　トールの部屋から帰らないの？」

「先に木野先輩に様子を聞いとこうかと思って。会長が怒ってないかとか」

「ああ、なるほど。トールに厳しいもんね、彼女」

貧しい農民や行商人のおじさんを助けることになって、かなりの時間をロスしてしまった。

連休の休日を利用して旅に出たのだが、二日ほど学校にも行ってない。

だから先に木野先輩に様子を聞いとこうと思ったわけだ。

「ひらけゴマ！」

鉄の扉が上がっていく。

時間は放課後の午後5時。

ちょうど先輩がキノコのお手入れをしていた。

先輩は部活をやっていないし、他に特別なことをしていなければいつもキノコのお手入れをしているんだろう。

「先輩！」

「うわ！　鈴木氏」

先輩はキノコの栽培作業に熱中していて、鉄扉がゴゴゴと上がっても気が付かなかったようだ。

「ただいま」

「え？　あ、おかえり。ダンジョンに行ってたのでござるか？　ってかその平安時代の装束みたいなのを着ている人は異世界の方かな？　はじめましてでござる」

先輩とリュウちゃんを挨拶させていたら長くなりそうだ。

先に様子を聞こう。

「先輩！　寮の様子はどうですか？　会長は怒ってます？」

「なんで？」

「だって僕が戻ってくるって伝えた日から何日も経過してるでしょ？」

学校も行ってないし、寮の食事だって自分で作っていたのでは。

「うん。あ〜ひょっとして鈴木氏だと思っていたのは……」

「シズクか！」

どうやらシズクが僕のフリをして、学校に行ったり、寮の仕事をしてくれたようだ。

「助かった〜。会長に怒られるかとビクビクしてたんですよ」

「はっはっは。よかったでござるな。早くシズク殿に帰還を報告するといいでござるよ。心配するでござるからな」

「そうします」

先輩の部屋を通って寮の廊下に出る。

「こ、これがニホーンの建物ですか？」

「驚くのは後、後」

早く僕の部屋に行かないと。

あれ？

僕の部屋のドアが半開きだった。

中から声が聞こえる。

「心配しないでください。必ず探してきますから」

「お願いします～」

リアとシズクの声だ。

あ、僕たちが戻らないのを心配してリアが探しに行こうとしているのか？

「待った待った！」

玄関を勢いよくあけて奥の和室に行く。

「帰ってきたよ！　ただいま！」

ふすまを開けるとシズクとリア、美夕さんもいた。

「あ、ご主人様！　おかえりなさい！」

「トール様！」

「トオルくん」

どうやらだいぶ心配させてしまったようだ。

「遅くなってごめん。でも大丈夫だよ。ディートもいたしさ」

「そうよ。私がいるんだからブーゴ村に行くぐらい」

皆が首を振る。

美夕さんがいつになく大きな声を出す。

「そうじゃないの！」

「そうじゃないって？」

「狐神さんが倒れたの！　今は私の部屋に寝かせてる！」

「倒れてる？　どういうこと？」

「狐神さんの心の中にいる狐の神様に聞いたんだけど、病院に行っても意味ないとか、封印を解かないと、狐神さんの体が持たないとかなんとか……」

恐れていたことが起きてしまったらしい。

やはりコンさんの精神が封印されているのは大きな負担だったのだろう。

きっと僕を訪ねてきて倒れてしまったに違いない。

全員で美夕さんの部屋に行く。

奥の部屋には脂汗を流して苦しそうにしている狐神さんがいた。

いや、コンさんかもしれない。

「お、遅いぞ」

「狐神さん、コンさん、どっちだ？」

「ううっ。コンのほうだ。早くしないと美奈が死んでしまう。美奈は既に意識がない」

そう言ってコンさんのほうも意識を失ってしまった。

リュウちゃんに振り向く。

「急を要するようですね。真神が護衛をしてくれるなら封印を解きましょう」

「ありがとう！」

九尾の狐の封印を解くのを迷っていたリュウちゃんも、様子を見て封印を解くことに決めたようだ。

真神であるマミマミさんが見守ってくれることも大きいのだろう。

「あ、あの……」

美夕さんが小さな声を出す。いつもよりもさらに小さかった。

「何？」

「マーちゃんは、その……トオルくんたちを探しに異世界へ」

「え～？　いつ？」

「1時間ぐらい前かな」

リアも僕たちを探しに行こうとしていたけど、マミマミさんは既に出発した後だったのか。

「リュウちゃん、あとどれぐらい持ちそう？　その……命が……」

「わ、わかりません。封印術は専門ですが、人の命については」

「封印を解くことはできそう？」

「おそらく。ただわからないことがあります」

「わからないこと？」

「普通、自然に封印が解けそうになるのはモンスターの力が強まっているからです。九尾も深刻なダメージを受けているというのは一体？」

ディートが聞いた。

「もし、封印の触媒の女の子が死んでしまったらどうなるの？」

「モンスターの精神体だけが自由になる可能性が高いですね」

僕は驚く。

「え？　結局、自由になれるの？」

「普通、精神体だけになれば、すぐに成仏してしまいますが、怨念を強く持ったものや力の強いものは現世に残ることになります」

「幽霊いたのかよ……」

もしマミマミさんがこの場にいたら震え上がるぞ。

「恐れることはありません。通常、精神体は何もできません。ただ九尾の狐ともなると」

「精神体でも強いの？」

「もちろん、石に封じてある体とともに復活しなければ、力は十分の一にも満たないと思います」

「ならマミマミさんがいなくても……ディートもリアもリュウちゃんもいるんだし……」

三人は顔を見合わせる。

ディートがいかにも及び腰になる。

「そ、そうね。十分の一なら」

リアが剣に祈りをかけはじめる。

「カーチェ家から受け継いだ。今こそ真銀の剣の力を見せる時」

リュウちゃんも真剣そのものだ。

「死力を尽くしましょう」

ええぇ？

なんか台詞が既に負けているっぽい。

やはりマミマミさんがいないと、戦闘になった時は絶望的のようだ。

「リュウちゃん、封印をかけ直す方法は？　ちゃんとかけ直せば狐神さんの負担も少なくなるんじゃないの？」

「封印は3年ぐらいは延長できるでしょう。その間に別の手を打てます。しかし、触媒の女性が弱り切っています。丁寧に封印し直しても一生廃人になってしまいます」

ううう。そうだ！

「じゃあ一時的に僕に封印したら？」

「封印の触媒になれる人間は少ないんです。トールさんがなれるわけが……あ、あれ？」

リュウちゃんに顔をペタペタ触られる。

医者のようにまぶたを手で開かれたり、口を開けさせられたり。

「す、凄い」

「何が」

「封印術の触媒になれる人間なんて万人に一人ですよ。トールさんはある意味で封印術の触媒に非常に向いていますね」

「ある意味？」

「封印術の触媒になれる人間には二つの要素が必要です。まず封印のしやすさです。モンスターの精神を自分の体に入れる慣れ親しみやすさとでも言いましょうか……トールさんはずば抜けています」

「おお！」

「モンスターと仲良くなれる人に多いです。トールさんはモンスターと仲良くなれることが多くないですか？」

僕は人間の友達がほとんどゼロなのにシズクやマミマミさんが友達だ。

「確かに」

「ちなみに人間とは……普通……以下かな……」

「ほっといてよ！　それよりもう一つの要素は？」

「封印術の触媒としての耐久性です。トールさんの場合は限りなくゼロです」

「えええっ？」

「多くの人はどっちもゼロですよ。トールさんの場合、封印のしやすさは最強、封印の耐久性は最低という感じですね」

「もし僕に封印したらどうなるの？」

「3日で廃人ですね。それも苦しんで」

「そ、それはちょっと」

皆が不安そうに僕を見る。

決めてほしいという視線だ。

マミマミさんを待っている時間はない。

異世界のどこにいるかまったくわからないし、探しに行っても、行き違いになってしまうかもしれない。

「神社に行こう。殺生石の封印も解いて、コンさんを復活させる。美夕さんとシズクはマミマミさんを待ってて。もし帰ってきたら神社に」

「うん。わかった」

力の強いリアが狐神さんを背負う。

よし、と皆が寮から出ようとする。

皆の後ろ姿を見てはっとする。

「ま、待った～」

「な、何よ？」

僕の大声に、皆が一斉に振り返る。

聞き返したディートの姿は魔女だ。

狐神さんを背負ったリアは、でかい剣を装備した女騎士。

怪しげな少女陰陽師もいる。

「さ、最低限は日本の格好になって外に出ないと通報されてしまう」

「なんでよ」

「日本でそんな格好が許されるのはハロウィンの渋谷ぐらいなもんだよ」

「意味わからない！」

「と、とにかく、美夕さん、シズク、頼むよ」

美夕さんとシズクが再び三人を美夕さんの部屋に戻す。

三人が戻ってくるまで玄関で狐神さんを背負う。

「す、すまんな」

「コンさん。気が付いたの？」

「ああ。今から神社に行ってくれるのか？」

「うん。ところでコンさんはどうして弱ってるの？」

リュウちゃんは復活しかけているモンスターは力が増すと言っていた。

コンさんが力なく笑う。

「コンコンコン……。いいではないか。封印を解いてくれれば心配には及ばない」

ううう。

コンさんが悪さをしないか心配なんですけど。

そうこうしているうちに三人が戻ってきた。

ディートは黒ワンピにグレーのニット。

リアは白シャツにチェックのスカート。

リュウちゃんはＴシャツにジーンズという健康的なスタイルだ。

「でも烏帽子」

頭を指差す。

「恥ずかしいですよ。これだけは外せません」

なんで烏帽子を外すと恥ずかしいんだよ。でも、リュウちゃんは青髪だしちょうどいいか。

ディートの耳も尖っているが、仕方ない。

「そうだリアの剣は？」

他の人は変な格好で済むが、リアの剣は銃刀法違反だ。

リアが振り返って背中を見せる。

アレは昔寮に住んでた野球部の先輩が忘れていったバットケースだ。

「剣を隠しているならギリギリＯＫにするか。時間もないし、行こう！」

リアがバットケースを背負ったので、僕が狐神さんを背負う。

五人で寮を出た。

「こ、これがニホーン」

ディート、リア、リュウちゃんが驚いている。

ここはまだグラウンドの端っこだ。

車も家もビルもない。

先が思いやられる。

「驚くのは後にして、行くよ」

ディート、リア、リュウちゃんが気弱な返事をして僕についてくる。

住宅街を小走りに進む。

ディートとリアが走りながら言った。

「なんて家が多いの」

「しかも、立派な家です」

リュウちゃんが怯えた声を出す。

「四角い移動する箱の中に人が乗っています」

車のことだけは教えておいたほうがいいか。

「今のは車だよ。アレにだけは絶対ぶつからないでね」

他のことは教えている暇がない。

人目を避けるために住宅街の中を移動していたが、それでも通りすがりの人に凝視される。

当然だ。明らかに浮いている。

なんなら顔色が悪い人を背負っているし。

大丈夫だろうか。今だけは現代日本人の無関心に期待するしかない。

「こ、ここは？」

神社に行くには、一本大きな通りを渡らないといけない。

「この道の向こう側なんだ」

リュウちゃんは完全にビビっている。

「絶対にぶつかってはいけない車っていうのが絶え間なく行き交ってますよ」

車の知識のない異世界人も、ぶつかったら危険とは感じるらしい。

「大丈夫、あそこに赤く光ってるランプがあるだろ？　アレが青っていうか緑になれば車が止まるから」

「無理です。足が震えて走れません」

生まれたての子鹿のようになっている。

「仕方ないわね」

ディートが烏帽子の少女を背負う。

「ディートとリアは大丈夫？」

「うん」

「はい」

ディートとリアはなんとか大丈夫のようだ。

「行こう！」

狐神さんを背負って走るが、レベルアップをしているので軽い。

大通りを抜けると神社はすぐだ。

「着いた！　コンさん！」

鳥居の先はすすき野につながっていない。

「あの空間に行かなくても大丈夫。殺生石はお堂の中にある」

「そうなの？　コンさん、コンさん！」

コンさんがぐったりする。

また意識を失ったようだ。

リュウちゃんはディートの背中から降りていた。

「大丈夫？」

「ええ。もう大丈夫です。もう一度確認しますが、本当に九尾の狐を復活させるのですか？　国を滅ぼした伝説もある超Ｓ級モンスターですよ」

「どうしよう？」

頼みの綱のマミマミさんもいないし、ディート、リア、リュウちゃんの三人の力を借りても勝てそうにない。

かといって急がないと狐神さんが死んでしまいそうだ。

リュウちゃんが僕の肩に手を乗せて笑う。

そんなことされても。

「やっぱり、き、決められないよ」

「付き合いは短いですけど、私はトールさんを信じます」

「なんで?」

「行商人のおじさんを助けたり、貧しい農民を助けました。白スライムに慕われ、トールさんのためにディートさんやリアさんが命をかけようとしています」

「そりゃ嬉しいけど、そのディートとかリアとかリュウちゃんの命もかかってるんだよ」

リュウちゃんが少し考える。

「言い直すことにします。もし助けて悪い狐で全滅したとしてもトールさんを恨みませんよ」

ディートとリアも親指を立てた。

「よし助けよう! でも、もし悪い狐だったら」

リュウちゃんに耳打ちする。

「僕を封印の触媒にしてくれ」

「でも3日でっ」

「皆の命には代えられないから」

「……わかりました」

いつの間にかリュウちゃんの指と指の間に複数の紙が挟まっていた。

「えいっ！」

気合を発するとリュウちゃんの指にあった複数の紙が飛んでいって、地面に降ろした狐神さんの周りにペタッと貼りつく。

その紙同士が光の線を結ぶ。

光が絵を描く。

「星マーク？」

「五芒星（ごぼうせい）です」

「そうとも言うよね……」

リュウちゃんが魔法の詠唱（えいしょう）をはじめて、しばらくすると狐神さんの体から黄金色の煙の塊のようなものがふっと飛び出る。

その瞬間、顔色が良くなった狐神さんの周りからすすき野が広がっていく。

すぐに辺り一面が見渡す限りのすすき野になった。

第六章　決戦！　伝説の妖狐！

「幻界？　鳥居をくぐってないのに？　はっ！」

すすき野に気を取られていた。

振り返るとディートとリアとリュウちゃんが戦闘態勢をとっていた。

彼女たちの前方には九尾！

まばゆい光を放つ、黄金の毛並み。

扇のように展開する尻尾。

大きさは人よりも少し小さいぐらいか？

しかし……。

「ちょ、ちょっと、なんで皆は戦闘態勢？」

ディートが叫ぶ。

「こいつ九尾じゃないわ。八尾よ」

八尾？　一、二、三……本当だ八本しかないぞ！

「ど、どういうこと？」

「知らないけど、騙したってことは後ろ暗いことがあるんでしょう？　幻界をも発動してきたし」

「尾の数は格らしいから、九本だって虚勢を張っただけじゃないの？　それに、どうして幻界を使ってきたら戦わないといけないのさ」

リアが剣を構え直す。

「幻界は、それを発動したモンスターが戦うのに有利な世界なんです！」

「そ、そうなの？」

リュウちゃんが指と指の間に複数の紙を挟んでいた。いかにも攻撃態勢だ。

「やはり八尾は封印されたことで人間を恨んでいるのでしょう」

コンさんがドスの利いた声で笑う。

「コンコンコン。当然だ。タケチヨを助けてやったのにテンカイめ。何百年も封印しおって！」

やっぱり封印されたことにめっちゃ怒ってるみたいだぞ。

しかも、タケチヨとかテンカイとかなんか聞いたことある名前だ。

ま、まままさか。

葵の御紋の世子(せいし)の幼名とそのブレーンのお坊さんの名前じゃないのか？

「この恨みはらさでおくべきか～」

た、大変だ。

神話級ではないかもしれないけど、歴史級の危険モンスターかもしれない。

「リュ、リュウちゃん。僕を触媒に……」

リュウちゃんが首を横に振った。

「大丈夫です。敵は九尾ではなく八尾、しかも、精神体の封印を解いただけで肉体は未だ殺生石の中」

「け、けど」

「それに何故か弱っています」

弱っている？　本当だ。

よく見ると八尾は肩で息をしている。

苦しそうだ。

「確かに私は弱っている。だが、そこらの人間風情に負けはしないぞ！」

会った時のマミマミさんほどではないが、凄い圧力だ。

ディートが杖を構えた。

「私たちがそこらの人間風情かどうか、試してみることね」

「アリア！　行くわよ！」

「はい！　ディートさん！」

ディートとリアは連携攻撃をかけるらしい。

ディートは魔法の詠唱をはじめ、リアが剣を構える。

なんか聞いたことある詠唱だぞ。

「スペルルーツバインドォ！」

魔法名とともに土中から木の根が現れ、四方八方からコンさんに絡みつく。

ママミさんに効かなかった連携攻撃か……。

負けフラグじゃないのか？

「むっ。う、動けん！」

ママミさんには効かなかったけど、コンさんには効いたぞ。

ママミさんは体を少し動かしただけで引き千切れたのに。

「アリア！」

「はい！」

リアが天高く飛び上がる。

降下しながらリアの宝剣を叩き込むメテオスラッシュとかいう技だ。

まさか勝てるのか？

「ふん」

コンさんが鼻を鳴らした瞬間、すすき野にブワーッと風がなびく。

「え？」

高く飛び上がったリアがボトリと落ちる。

「ぐっ」

ディートも片膝をついた。

「これは？」

リュウちゃんが鼻を押さえている。

「すすきの花粉を使った精神攻撃です。リアさんは眠らされてしまいました」

「げっ」

リュウちゃんとやり取りしている間にディートも倒れてしまう。

「弱っている八尾でも、ここまでの強さとは……」

「ど、どうするの？」

「こうなったら封印術を使うしかありません」

3日で廃人か。

でも、封印を解こうと言い出したのは僕だ。

全滅するよりもいい。

それに3日もあれば、皆もいるし、マミマミさんも帰ってくるだろうからどうにかなるかもしれない。

「わかった。僕を使って封印術を！」

「いえ、私を触媒にします」

「えええ。自分を使って封印術できるの？」

「そのための式を発動しています」

式？

リュウちゃんとコンさんの足元に、また紙があって光の線を結ぼうとしている。

だが、その速度は遅い。

「私はトールさんほど封印しやすくはありませんが、多少の持続性があります。廃人になるまで一週間は封印できるでしょう」

「それで封印できるまで時間がかかるのか……、でも、なんでリュウちゃんが？」

八尾は必死にディートの魔法の根を振りほどこうとしているが、まだ小さな根を千切れたかなという程度だ。

「おばあ様が見た巻物にはきっと、ニホーンから来た少年の代わりに私が封印の触媒になることが書かれていたのでしょう」

リュウちゃんが言った。

おばあさんのエミリさんは、巻物を見てからさらに酒量が増えたという。

確かに孫娘の悲劇が書かれていたら酒量が増えてもおかしくない。

「魔を払い民を救うのがツチミカド家の使命。後は頼みます」

「後は頼みますって言ったって」

そうだ。リアの剣で先にコンさんを倒せば。

あれ？

リアがいない。

どこかと思ったらリュウちゃんの後ろに！

「危ない！」

「えっ？」

叫んでも遅かった。

リアの剣がリュウちゃんの後頭部に振り下ろされる。

リュウちゃんがドサリと倒れる。

「リア！」

返事がないし、目の焦点が定まっていない。

「操られているのか？」

「コンコンコン。ご明答」

操られたリアがリュウちゃんを五芒星の外に引きずり出した。

「これで封印の式は発動しない」

「くそ」

「驚いたぞ。テンカイほどではないが、これほどの手練が現代にもいるとはな。しかし、私の勝ちだ」

ディートもリュウちゃんもやられてしまった。

リアは操られている。

絶体絶命、どうすればいいんだ？

そうだ。

本体の殺生石をディートの杖でぶっ叩いたらどうだろう。

コンさんはまだ精神体だ。

「小僧。トールとか言ったな。私はお前をとても気に入っている」

「な、何？」

「どうだ。私の味方にならないか？」

「リュウちゃんを殺しといて何を言っているんだ」

「コンコンコン。殺生石があるだろう。私自身は呪によって触れられないが、お前が叩いてヒビを入れればいい。さすれば完全体として復活できる」

やばっ、作戦は変更だ。

殺生石を叩いてはいけなかったのか。

「ふざけるな！」

「ふざけてなどいない。私が人間を支配した後にはお前に世界の半分をやろう」

急に何を言い出すんだ。

「世界の半分だと？　馬鹿なことを言うな！　僕たちをここで倒しても自衛隊もアメリカ軍もいるんだぞ！　大昔じゃないんだぞ！」

「知っている。美奈の中で今の世界情勢も学んでおるからな」

「お前は核ミサイルも平気だっていうのか？」

「核ミサイルどころか通常ミサイルですら致命傷を免れんわ」

「ならコンさんが人間に勝つことなんて不可能だ。ましてや世界を支配するなんか」

コンさんが笑う。

「コンコンコン。私は世界を支配するのに暴力は使わん。知恵を使うのだ」

「知恵？　僕みたいにお前に騙される人間ばかりじゃないぞ」

「お前は騙されたわけではない。美奈を助けたかっただけだ。だが、人間を騙すのは簡単だ。お前たちは欲深いからな」

「何？　人間が欲深い？」

「権力者は特に。私が完全体になれば、人間の寿命をある程度は操れる」

そんなことができるのか。

「何もかも手に入れた気になっている権力者が望むものこそ不老長寿。私はそこにつけ込むのよ。

精神攻撃もできるしな」

こ、これは本当に世界を支配するかも。

というか小さな国がバラバラに存在して移動手段のなかった昔より、グローバルな今のほうがむしろ簡単に牛耳れるかも。

「コンコンコン。そして私は人を支配することで九尾になる」

殺生石がダメなら。

アレか。

「どう？　私の味方にならない？　ん？」

リュウちゃんの五芒星に走る。

「ま、待て！」

「待たない！」

コンさんの慌てぶり、やはり僕の予想した通りのようだ。

僕はコンさんが悦に入っている間にジリジリとリュウちゃんが入っていた五芒星に近づいていた。

ディートの魔法もリュウちゃんの術もまだ死んでいない。

あの五芒星の中に入れば、僕が触媒となってコンさんを封じ込めることができるのではないかと思っている。

だからコンさんは、操ったリアを使って五芒星の中からリュウちゃんを外に出したのだ。

僕はもう一歩で五芒星に入れる位置にいる。

「ま、待て。廃人になるぞ！」

コンさんは明らかに慌てている。

「それも仕方ない」

「せ、世界の半分が欲しくないのか」

「そんなもん貰ってなんの意味があるんだ。いやちょっとは欲しいけど、友達を裏切ってまでいるか！」

「ハーレムとかめっちゃ作れるぞ。なんなら私も入ってやる」

「狐なんかいるか！」

「今は狐の姿だが。私はこう見えても目の肥えた歴代の権力者からも寵愛されていたのだぞ。完全体になれば、どんな姿の女にも変化できる」

「そういうことじゃない！　シズクだって変身できるし！」

皆、後は頼んだよ。

できればだけど、3日以内に八尾をなんとかしてほしい。

「美奈もつけてやるぞ！　美奈はお前のことが……」

コンさんが狐神さんのことを話題にした途端、狐神さんがスッと立ち上がる。

「え？」

もうコンさんは抜けたんだろうけど、そんなに元気なの？

スタスタとコンさんのところまで歩いていく。

「ちょ、危ない！」

僕の引き止める叫びも聞かず、狐神さんはコンさんの後頭部をパカンとぶっ叩いた。

「もう！　やりすぎよ！」

「いったーい」

その瞬間、幻界が消えて、殺風景な神社の境内になった。

ディートが起き上がる。

リアも意識を取り戻したようで、周りをキョロキョロ見回している。

リュウちゃんも頭を振って立ち上がった。

剣で斬られたのではなかったのか？

そういえばリアの剣には血がついていなかった。

「ど、どういうこと？」

「演技をしておったんだ」

コンさんが前足で頭を撫でながら言った。

「演技？」

「私が人間の男は信用できないと言ったら、美奈がお前は惑わされないと言うから」

「えええ？」

「賭けていたのだ。どうやら私の完敗のようだな」

狐神さんがコンさんの頭をまた叩く。

「もう！　どうして言っちゃうの？　言わないって話でしょ」

「そ、そうだったか？」

力が抜ける。

「でも、ここまでやらなくても……」

「人間どもが私を倒せる気でいるのも少々腹立たしくて脅してやったのだ。だが、本当にお前に封印されそうになっていたぞ」

「僕に封印されそうだった？　それも嘘でしょ」

考えてみれば、ディートとリアを眠らせたすすきの花粉の技を使えば、リュウちゃんはともかく僕なんか一瞬で眠らされていたに違いない。

「いやいや虚を突かれたぞ。眠らせるのが先か封印されたのが先かわからぬ」

「世界征服計画が真に迫っていて冷や冷やしたよ」

権力者が最後に望むものが不老長寿なんてリアルすぎるんだよ。

けど、よくよく考えたら世界の半分とか、ゲームとか漫画とかで聞いたような台詞だよな。

きっと、狐神さんか、狐神さんのお母さんの中でコンさんが聞いた台詞だったんだろう。

「アレは実際に私の種族が権力者に取り入った方法よ」

やっぱり、そうなのか。

同族のせいで封印されたところもあるのかもしれない。

ディートやリアやリュウちゃんが集まってくる。

「コイツ本当に封印したほうがいいんじゃないの？」

「ですね」

「魔を払い、民を救う！」

好戦的な人たちが覚醒しはじめた。

「ちょ、ちょっと。聞いていたでしょ」

「なんだ？　やる気か？」

やばい。

第二戦がはじまりそうだ。

「おーい！」

「え？」

声が聞こえる。

「助けに来たぞ～！」

「げっ、マミマミさん」

マミマミさんとシズクと美夕さんが走ってくる。

しかも、マミマミさんは例のＹシャツとパンツ姿でシズクはスライムのままだ。

いつの間にか、神社にはギャラリーが集まっていた。

「なんだ？　コスプレ？　仮装パーティー？」

今は女性に気を取られてるかも知れないが、すぐに白スライムや尻尾が八本もある狐に気が付くぞ。

「ま、まずい。皆、こはる荘に逃げ込むぞ」

マミマミさんがワガママを言い出す。

「ん？　もう解決したのか？　なら日本の発展をもっと堪能したいのう」

「いいから全員帰るんだ～！」

「そ、そんなに怒らなくてもいいではないか。助けに来たのに」

「わかりました！　日本見学には今度付き合いますから今は帰りますよ！」

こうでも言わないと仕方ない。

僕はシズクを抱えてこはる荘に走る。

皆も慌ててついてきた。

第七章　やっぱり、クラスに友達はできなかったけど。

今回の事件の関係者が真神の間に集まった。

コンさんと狐神さんもいる。

狐姿のコンさんは巨狼姿のマミマミさんと人間のぐちを言い合っている。

コンさんは江戸時代にタケチヨという人間に入れ込んで、寿命を与えようとしたところ、テンカイというお坊さんに封印されてしまったらしい。

「ご政道を乱すなとかつまらないことを、あのクソ坊主め！」

コンさんが訴えるとマミマミさんが深くうなずく。

「それは確かにクソ坊主じゃのう」

「そうでしょう。私は末永くお使えしたかっただけなのに」

確かにコンさんの話を聞いていると、テンカイというお坊さんが思い通りにできるタケチヨを手の中に置きたかっただけにも聞こえる。

実際、コンさんはかなり良い狐でコンさんが弱っていたのも、弱っていく狐神さんに生命力を分け与え続けていたからだった。

それにしてもコンさんが封印された際に出てくる関係者の名前が恐ろしすぎる。

恐ろしいから聞かなかったことにしたい。

さてと。

「リュウちゃん。そういうわけだからもう大丈夫だよ」

「本当に大丈夫なんですか？　しかも完全体にしてしまいましたし」

殺生石は破壊して、コンさんを完全体にしてしまった。

「封印を解いた以上、信用するしかないかな。マミマミさんもいるしね」

「私には一緒になって悪さしそうな気もするんですが」

「悪さをするって言っても、陰険なことはしないと思うから」

コンさんのほうにも多分悪いことがあっただろうに、テンカイを悪者にして盛り上がってる二人をリュウちゃんと微笑ましく眺めた。

「そうですね」

「でしょ」

「ニホーンではモンスターと人間が仲良く暮らしているという伝説は本当だったんですね」

「うーん。それはどうかなあ？」

モンスターなんか神話以外に見たことないし。

「リュウちゃんが最後まで慣れなかった車ばっかりだしね。コンクリートジャングルだし、空気は汚いし。立川はまだマシなほうだけど」

「でも、ここには白スライムも神狼も八尾もいるんですから」

なるほど。超レアモンスターが三匹？もいる。

「いつかニホーンは伝説通りになりますよ。それにしても我が家の予言の巻物には何が書かれていたんだろう。結局私は無事だし」

「確かにそうだね」

「巻物かあ」

リュウちゃんのご先祖様が書いた予言の書には日本から来た少年、つまり、僕のことも書かれていたようなのだ。

「おばあ様はそれを読んでさらに呑んだくれたそうですから、何か辛いことが書かれていたのではないかと思っていたのですが」

「ふーむ。概ねハッピーエンドだしね」

コンさんを野に放っていいのかとか微妙に思いやられる課題もあるけど、他に大きな問題はない。

「ディートさんが思い出すのを待つしかありませんね」

「思い出すかなあ？　お酒を飲むと昨日やらかしたことも忘れちゃうタイプだよ」

「あ、あれ？」

「どうしたんですか？」

僕も何か忘れている気がする。

思い出せないでいると美夕さんと狐神さんがやってきた。

二人とも、落ち着いているため、気が合うのだろうか。

そういえば、クラスも同じだしね。

「鈴木」

「何？　狐神さん」

「この寮のことを教えてあげる約束になってたよね」

「あ～そうだった！」

そもそも狐神さんについていったのは、寮のことを教えてあげるという話がきっかけだった。

異世界に行ったり、山賊まがいの貧しい農民を助けたり、そのために貴族を騙したり、コンさんの封印を解いたのも、寮のことを教えてくれるという話からはじまったのだ。

すっかり忘れてた。

けど、ここは真神の間だ。

「狐神さん、寮が異世界につながってるのは今体験してると思うんだけど、それ以上の秘密があるの？」

狐神さんがうなずく。

「聞いたら驚くっていうよりも、ショックを受けるかもしれないけどいい？」

ショックを受けるだって？

異世界につながっている以上の秘密がこの寮にあるのか？

「な、何？」

僕が聞くと狐神さんが妖しく笑う。

ダンジョンの魔王が復活したとか、魔剣が封印されてるとか、そういう話だろうか。

「この寮を取り壊そうって話があるの」

「え？」

寮がなくなる？

「私のお父さんが学校の理事の一人でね。話を聞いたの」

「ええええええっ！」

寮の話って、そういう現実的なやつ？

「どうしてさ」

「寮生四人しかいないでしょ。採算、全然合わないのよ」

「でも、寮はおばあちゃんのものだし」

もともと、学校に隣接していたおばあちゃんの土地建物を学校に提供したのが、寮のはじまりと聞いている。

「鈴木のおばあ様に保証金を払って、寮生四人にアパート代を出したほうが長い目で見たらお金が全然かからないって」

「そ、そんな」

「一年生があと二人ぐらい寮を使えば、存続できるって話もあるんだけどね」

「ううう」

もう入学から何ヶ月も経過しているということは、寮なんか入らなくても通える生徒ばかりということだ。

今さら新しい寮生なんか見つかるわけがない。

ファンタジー的な話じゃなくて、現実的な話だった。

異世界人やマミマミさんに頼ってもどうにもならないし。

寮がなくなったら、ゲートはどうなってしまうんだろう。

最悪、シズクやマミマミさん、ディートやリアとも会えなくなってしまうかもしれない。

そうでなくとも、今のように安全に会える環境はなくなってしまう。

美夕さん、木野先輩、会長とも、今ほど付き合わなくなってしまうかもしれない。

それに美夕さんは日光恐怖症なんだぞ。

「どうしたらいいんだよ……」

「じゃあ、教えたからね」

狐神さんは笑顔で、また美夕さんのほうに去っていった。

なんで人が頭を抱えてるのに笑顔なんだよ！

マミマミさんとコンさんは楽しそうに人間の悪口を言っている。

ディートとリアとリュウちゃんは冒険談義だ。

美夕さんと狐神さんはずっと話し込んでいるから、友達になれたのかもしれない。

「ご主人様～、狐神さんが元気になってよかったですね」

シズクが笑顔でぴょんぴょん跳ねる。

「ううう。守りたいこの笑顔」

◆　◆　◆

翌朝――。僕はある決意を持って登校していた。

一年生の寮生を二人見つけるという決意。

寮がなくなったら、管理人をやるという条件で入学した僕は学校に通えなくなるかもしれないし、皆の笑顔もなくなってしまうだろう。

ただ、当然のことながら友達がいない僕にはハードルは高い。

気軽に話しかけられる人すらほとんどいないのだ。

まずは頑張って挨拶からだ。

下足を上履きに替えながら思う。本当にできるだろうか。

教室に近づくほど、声をかけられないイメージが頭の中を支配する。

気が付くとクラスメイトが僕の前を通り過ぎ、僕らの教室に向かう。

稲岸くんだ。しかも、何故か立ち止まった。

声をかける最大のチャンスだ。

だが、できない！

どうして僕はこんな簡単なことができないんだろう。

ところが、稲岸くんが振り返った。

「よう鈴木！　おはよう！」

「え？　あっ。おはよう」

な、なんで？

「そんなところに突っ立ってると遅刻しちまうぜ」

「う、うん」

どうやら稲岸くんが立ち止まったのも、振り返って僕に挨拶をするためだったようだ。

しかし、何故だ。僕と彼は挨拶するような間柄ではなかったはずだ。

というか、彼どころか挨拶してくれるのは美夕さん以外は誰もいないけど。

不思議なことが起こった。

クラスメイトが次々に僕に挨拶をしてくる。

挨拶をしてこない人のほうが少ないぐらいだった。

連休中に何があったんだ？　あ、連休だけじゃない。

異世界のゴタゴタで２日ほど、登校日に間に合わなかった。

その間はシズクが僕に変身して登校してくれたから……。

なんというコミュスラだ。

シズクの力を借りて友達になったらどうかという気もするが、今はそんな場合じゃない！　寮の存続がかかっているのだ。

「よっ！　鈴木、おはよう！」

「あ、瀬川くん。おはよう！」

おお、美夕さんの一件以来、なんとなく当たりがきつかった瀬川くんにも挨拶された。

よーし、瀬川くんは軽い……もとい一部の女子から人気があるから、そこから芋づる式に説得できるかも！

◆　◆　◆

瀬川くんの説得はできなかった。それどころかシズクが作った信用は数時間で崩壊した。

そりゃ、そうだ。

考えてみれば、僕はちょっと話すようになったらボロボロの寮で一緒に住まないかと言ってくる奴になっている。

コミュ障、ここに極まれり。

そうでなくとも、幽霊が出るという噂の寮に、通える距離の生徒が住むはずもない。

だが、諦めたらそこで試合終了という言葉もある。

試合ならいいけど、僕の場合は学生生活の終了までありうる。

「ね、ねえ」

「あ、鈴木か。俺はいいよ。ちょっと用事があるから。じゃ」

まだ話してもいないクラスメイトに逃げられた。

もはや、シズクパワーも消えて、マルチ商法の勧誘員みたいな扱いを受けている。

こんなの絶対無理だ。

「すーずきくん」

うなだれていると声をかけてくれた人がいた。誰だ。

「あ、立石さん」

「どう？　頑張っている？」

頑張っているとは寮のことだろうか。

何故、知っているのかとは聞くまでもないだろう。マルチ商法の勧誘員のようにクラスの噂になっているのだから。

「頑張ってるけど、全然ダメだよ……そうだ！」

「ん？」

立石さんは寮に来た時も、楽しそうだと言ってくれていた。

「立石さん、寮に住まない？　ちゃんとご両親に話してさ」

「あ〜私が寮に？　実はね」

おお、笑顔！　これは期待できるかもしれない。

「えーと、うーん……」

あ、あれ？　急に言葉に詰まりはじめたぞ。

「あの、その、ごめんね」

ダメか……。

そうだ。立石さんなら、少しは話せる。

休んだ日の僕、つまり、シズクがどんな様子だったか聞いておこうかな。

上手く勧誘する参考になるかもしれない。

「ねえ。昨日の僕って」

「あ〜本物の鈴木くんのほうが、やっぱりいいよね。ちょっと自信なさげっていうか」

「えっ？」

本物？　昨日の僕が本物じゃないって知っているのか。

「ちょ、ちょっと。立石さん？　僕が本物じゃないって」

「あ、まだ、話しちゃいけなかったんだ。ごめん」

「話しちゃいけない？」

「ごめん……またねっ！」

立石さんも逃げていった。

◆　◆　◆

土曜の朝、今日は学校に行かなくてもいいと思うとほっとする。

学校に行くと勧誘をしなければならないので、正直もう学校に行くのが苦痛だった。

「とりあえず、今日と明日は学校に行かなくていいけど、どうしたらいいんだ？」

——トントントン

寮の自室のドアがノックされる。

誰だろう？

今日は学校が休みだから、美夕さんも僕の部屋を通って学校に行く必要もない。

「はーい！」

会長かもしれない。

急いでドアを開ける。

「おはよー鈴木くん！」

「おはよ」

「え？」

立石さんと狐神さん？

後ろには美夕さんもいる。

「ひょっとして遊びに来たの？」

最近、狐神さんと立石さんはよく美夕さんと話していた。

今日も楽しげだし、寺と神社争いでもなさそうだ。

「遊びに来たんじゃないよ」

「遊びに来たんじゃない？　まさか寺と神社争い？」

立石さんが笑顔で首を縦に振る。元気一杯という様子だ。

「うん」

「なんでここで！」

僕が抗議すると、今度は狐神さんが笑った。

立石さんとは違い、どこか妖しさがある。

「毎日、泊まり込みしてここでやろうかと思ってね」

「毎日だって！」

あの言い合いを毎日かよ。

しかも、泊まり込みでって。うん？

「ま、まさか！」

美夕さんが申し訳なさそうにいつもの小さな声を出した。

「ごめんね。そういうわけだから引っ越し手伝って」

寮の取り壊しの話をした時に狐神さんが笑っていたのも、立石さんがシズクのことを知っているように思えたのも、二人が寮に住むようになるからだったのか。

「もっと早く言ってくれればよかったのに」

コミュ障の僕が寮の勧誘をするのがどれだけ辛かったか。

美夕さんが手を合わせて謝罪する。

「ごめんね。狐神さんがびっくりさせたいから内緒にしておこうって」

狐神さんは悪びれる素振りもない。

「寮に入ってくれる人が他にもいるかもしれないしね。理事会で問題にされてることは事実だしね」

立石さんはただただ楽しそうだ。

「私も美夕ちゃんに頼まれて、親にもう一度聞いてみたんだ」

「そうだったんだ」

最近、美夕さんは二人と仲良かったから、いち早く話し合っていたのか。

「服とか重い荷物があるから手伝ってよ。レベルアップで力をつけてるんでしょ？」

「そんなことまで知ってるの？」

「あとでダンジョンも見せてね」

立石さんに手を引っ張られる。

内緒にされていたけど、寮の仲間が増えることはやっぱり嬉しい。

レベルアップした力でさっさと引っ越しを終わらせてしまうか。

◆　◆　◆

月曜の朝。

朝食を作って寮を出る。

今日は曇り空。土曜日の快晴とは違うけど、心が晴れていると気にもならない。
「コンさんの封印も解いたし、寮の問題は解決したし！」
そして、さらに！　僕にもついに友達ができたんじゃないだろうか。
狐神さんと立石さんの引っ越しは手伝ったし、かなり話すこともできた。
主に寮の注意点ではあったけれども……。
二日間も朝から夜まで一緒にいた。
美夕さんも会長も木野先輩もいたけれども……。
ダンジョンでかっこよくモンスターを倒すところを見せた。
後ろでマミマミさんがダメ出ししていたけれども……。
リュウちゃんを探しにいく異世界冒険譚も語ったし。
ディートとリアがちゃちゃちゃを入れてきていたけれども……。
これを友達と言わずしてなんと言う。それも美人の女の子が二人もだ。
そんなこと望んですらいなかった。
「ふふふ。一気に二人も友達ができるとは。僕もなかなかやるだろう。シズク」
今日はシズクも学生服に変化して一緒に登校している。
「はい！」
シズクが元気に返事をする。

辺りはグラウンドで、朝練の生徒が大きな声を出しているので聞かれる心配もないだろう。

「でも、ひょっとしたら超えてしまったかもしれませんよ」

「え？　超えるって」

その時、後ろから、寺、神社という言い争いが聞こえてきた。

間違いない。狐神さんと立石さんだ。

振り向くと美夕さんもいた。

「鈴木くん、お寺でしょ？」

「鈴木は神社よね」

何に対して寺か神社か争っているのかもわからない。

「お互い尊重して仲良くしようよ。僕らは皆友達なんだし」

ところが、友達という言葉を出すと、さらに火に油を注ぐ結果になった。

「「友達じゃなーい！」」

「えええ？」

狐神さんと立石さんはプンプンと怒ってしまった。

空模様と僕の心がシンクロする。

「友達じゃないの？」

美夕さんがいつもより大きな声を出す。

「ライバルでしょ」

「ライバル？　寺と神社でそこまで争わなくても」

「寺と神社のライバルじゃないよ」

「え？　じゃあ、なんのライバル？」

美夕さんが僕をジト目で見る。

「知らないよ！　でも、私もそのライバルの中に入ってるんだからね！」

「えええ？」

美夕さんは教会好きとかなのか。聞いたことなかったけど。

美夕さんがスタスタと歩いていってしまう。

学校の休み時間に三人が集まっているところに挨拶に行っても邪険にされてしまう。

友達じゃないどころか僕だけ仲間はずれだよ。

ところが……。

「鈴木～いる？　学校ではごめんね」

学校から帰ってきて部屋でくつろいでいると、ノックとともに狐神さんの声がした。

「はいはい」

ドアを開ける。

いつも毅然としている狐神さんが申し訳なさそうに身を縮めている。

「学校ではごめんね」

「ああ、うん。気にしてないよ」

「鈴木は私とコンちゃんのために異世界を冒険までしてくれたのに」

「いや、僕も異世界にちょっと行きたかったから」

いつもちょっとツンとしている狐神さんが笑顔になる。

「そっか。ありがとう。でも、学校ではあんな態度だったのに急に謝りに来てびっくりすると思ったのに、なんか余裕あるね」

狐神さんも謝りに来ると思ってた。だって美夕さんも立石さんも謝りに来たからね。

けど、シズクから狐神さんが来ても、先に二人が謝りに来たということは内緒にしたほうがいいと言われている。

寺のパンフも隠している。

「いや、驚いてるよ」

適当に笑って誤魔化す。

「そっか。ねえ。二人でコンちゃんのところに行かない？」

コンさんは今、真神の間を一時的に間借りしている。

ちょうど美夕さんも立石さんも先に行ったところだ。

「うん。いいよ」

「ふふふ。じゃあ、行こ！　コンちゃんと神社の良さを教えてあげる」

美夕さんも立石さんもマミマミさんもいるけどいいのかなあ。ま、いいか。

そんなこんなで結局、友達はやっぱりできなかったけど、寮の仲間は増えた。

寮生活はまだまだ続けられそうなので、いつか僕にもきっと友達ができるだろう。

エピローグ

六出ろ！　六！

サイコロがコロコロと転がって願った六が出る。

「おっしゃー！」

目的地に到着する。僕の勝利が決まった。

「鈴木くん、都合良い目が出るよねえ～」

「本当～」

立石さんと狐神さんが文句を言う。

「なんだよ。今まで都合良い目を出してたのは皆じゃないか」

休みの日、狐神さんの部屋に同じクラスの四人で集まって、「ライフゲーム」というボードゲームをしていた。

僕はずーっと負け続けて、夜遅くになってやっと一回勝てたというわけだ。

こんなに仲がいいのだからさすがにもう、皆友達と思ってくれているはずだ。

狐神さんがにらむ。

「鈴木が勝つと腹が立つのよね」

やっぱり、友達じゃないのかもしれない。

美夕さんが時計を見る。

「そろそろ解散しましょうか？」

時間は午後10時半。

ワンゲーム少なくとも2時間はかかるし、長引けば4時間かかる。

勝って気持ちいいし、いいやめ時だ。

まだ数学の宿題もしていないしな。

数学の宿題は1時間ぐらいかかる。

「だね。じゃあ、おやす……」

「ダメよ」

おやすみの挨拶を言いかけたところで狐神さんにピシャリと遮られる。

「勝ち逃げは許さないわよ」

「えー。もう遅い時間だよ」

「鈴木に負けて終わるなんて気分が悪い」

「数学の宿題もやってないんだよ」

狐神さんがニヤリと笑う。

立ち上がって机の上に立て掛けてあるノートを手に取った。

「もう一回ゲームしたら、写していいわよ」

狐神さんは女性らしい緻密な文字で完全に宿題を終わらせていた。

「いや、その、ありがたいけど」

自分の力でやらないと意味が。

「ちゃんと理解しながら写せば大丈夫よ。これがあれば、まだ、できるでしょ？」

「もう1ゲームだけだよ……」

順調、順調。

いい出目が連続している。

ん？　この勝負って勝ってはいけないんじゃないか？

悪いことにずっと調子がいい。

「また鈴木の勝ち⁉」

ううう。勝ってしまった。

結局、さらにもう1ゲームするはめになった。

◆

◆

◆

三時限目、古典の教師のゆったりとした声に何度も意識が飛びそうになる。
コンさんが得意とする睡眠魔法よりも強力かもしれない。
そりゃそうか。
寮の朝食を作らないといけない僕は、せいぜい1時間ほどしか寝れなかった。
ノートを写す必要もあったしね。
ほとんど朝までゲームをすることになった他の皆はどうなんだろう。
美夕さんと立石さんは小さく船を漕いでいる。
やっぱり、な。
皆でゲームするのは楽しいから仕方ないよね。
僕たちは友達が多いほうではない。
僕なんかボードゲームを一人でできる。
狐神さんはどうだろうと思って彼女を見る。
あれ？
船を漕ぐどころか背筋はピシッと真っ直ぐだ。
それどころかなんだか輝いてるぞ。
「じゃあ、ここを誰かに読んでもらうか」

教師が古文の音読をする生徒を探しはじめた。

やばい！

目が合わないように、かつ、目立たないように顔を下げる。

「じゃあ、狐神、読んでくれるか？」

「はい！」

当てられたのは狐神さんか。

人前ではいつも気だるげにゆっくり話すことが多いのに、今日はやけに元気な返事だな。

そもそも当てられて喜ぶようなイメージはない。

「むかし、男初冠して、奈良の京春日の里に、しるよしして、狩りに往にけり。その里に……」

めちゃくちゃ上手いな。

古文を読んでいるというのに、プロの声優のように流暢だ。

「素晴らしい！」

教師が感嘆の声を上げる。

確かに素晴らしいが、実際に声を上げて褒めるのは珍しいな。

――パチパチ
驚いた。遠慮がちではあるが、一部の生徒から拍手まで起きている。

確かに流暢だったけど。

「じゃあ、次は狐神」

えええ。

さっき読んだばっかりなのにまたか。

「春日野の若紫のすりごろも　しのぶの乱れ　かぎりしられず　となむ追ひつきて……」

相変わらず流暢な美声に驚く。

「最高だ！」

古典教師に似つかわしくない賛辞だな。

――パチパチパチパチパチパチ
どうなってるんだ？

生徒からの拍手はもはや遠慮すらない。

「じゃあ、今度は文法問題を出すか。率て行きければの部分の主語はどこだね？　狐神」

また狐神さんかよ。

「文法問題はわかりません」

わからないのか。結構、簡単だと思うけど……。

「ブラヴォー！」

「ええっ？」

古典教師の横文字の賛辞に、驚きの声を上げてしまったが、すぐに拍手の嵐にかき消される。

――パチパチパチパチパチパチパチパチパチパチパチパチパチ

助かったけど、一体どういうことだ？

昼休み、学食に行く。

学食の一角にウチのクラスの男子が集団を作っていた。

変だな。弁当組もいるぞ？

クラスの男子のほとんどが集まっている。

ほとんど、っていうか全員じゃないか。

半分以上は弁当組なのに。

男子だけでなく女子もかなりいるようだ。

なんの集まりだ。

全員が一方を向いて座っている。

その中心は、狐神さん？

人垣の合間から狐神さんと目が合う。

ふっと笑ってから狐神さんが立ち上がってこっちに来る。

ぞろぞろとクラスメイトを引き連れて。

「鈴木、ちょっと来て」

「え？　僕？」

狐神さんは僕の手を引いて学食から廊下に出ようとする。

「なになに？」

学食のカルボナーラはまだ食べかけだった。

クラスメイトもやはりぞろぞろとついてくる。

狐神さんがくるっと振り向いた。

「ちょっと鈴木と二人にしてくれる？」

僕はまた引っ張られて廊下に出る。

「そ、そんな」

クラスメイトは不満を言いながらも立ち止まった。

廊下を歩き、狐神さんが階段を上っていく。

「ちょっと、どこ行くの？」

「屋上」

狐神さんが階段を何段か先に上がったので、僕は少し見上げる格好になる。

その時に怪現象の理由がわかった。

屋上のドアを開けると、まぶしい日の光が降り注ぐ。

「あっちに座ろう」

屋上には結構な数の人がお弁当を食べたり、友人と話している。

狐神さんは比較的閑散とした場所に僕と座った。

「ねえ？　私のこと、どう思う？」

「どう思うって……学校に来ないでくださいって思いますよ」

「ひどいっ！」

「だってコンさんでしょ？」

「な、何故、美奈ではなく私とわかる？」

「さっき薄っすらと八本の尾が見えましたよ」

階段を上がる時にお尻から薄っすらと透明な尻尾が見えていた。

コンさんはそもそも狐神さんの中で生活してたので学校にも詳しい。

なんなら転校生の僕よりも詳しいだろう。

「お前、精神防御が高いのか？　私の言うこともあまり効かないようだし」

「やっぱり、魔法的な力で皆を操っていたんですか」

「そんなつもりはない。自動的にそうなる」

「なおさらタチが悪いよ」

コンさんもマミマミさんも純粋だ。

悪く言えば子供っぽい。

段々わかってきた。

彼女らは圧倒的強者であるがゆえに自由に生きているのだ。

精神的に幼いというわけでは必ずしもないようだ。

だが、それは人間社会では結構迷惑でもある。

「ともかく狐神さんに化けて学校に来るのはやめてください」

「いいじゃないか」

「ダメです」

「なんじゃ。美奈が眠そうだったから代わりに来てやってるのに」

「学校はサボっちゃダメなんですよ」

「なんでだ？」

「そりゃ、役に立つことを学ぶために」

「どこで役に立つ？」

「え、えぇ……社会に出てから」

「本当か？」

「そりゃ、もちろん」

社会にまったく依存せずに生きられる狐神さんに学校の意義を聞かれる。

自分で言っていて嘘臭い。

「一日ぐらい行かなくたっていいではないか。友達が少ない美奈にとってはお前たちとゲームをするほうが重要だ」

「両方できるようにしてくださいよ」

「それは確かにそうか」

相手のほうが正しいと思ったことはすぐに認めてしまうらしい。

ただ幼いだけでないことはわかる。

段々、扱い方がわかってきている。

「ところでさっきも聞いたが、お前は美奈をどう思っているんだ?」

「ど、どうって」

他にもわかってきたことがある。

やはり、コンさんは狐神さんの後見人的な立場で、マミマミさんは美夕さんの後見人的な立場なのだ。

「どうって……こっちは友達だと思ってますよ」

「コンコンコン。友達ね」

もう笑い声も隠していない。

「いいぞ~神社は」

話が急に飛んだぞ。

「神社がいいって？　どういうこと？」

「神職にならんか？　美奈と結婚して」

「ええええええ？」

「美奈の父親も私が美奈の母親に選ぶようにアドバイスしたのだ」

そういえば、この人、もとい狐の精霊は歴代の狐神家の娘に憑依していたんだった。

「私はお前を気にいった。美奈とくっつかんか？」

「い、いや」

狐神さんの姿をしたコンさんが顔を近づけてくる。

「美奈は嫌いか？」

「狐神さんの意思もありますし……」

「それについては大丈夫」

「大丈夫？」

「もう美奈の精神の中に封印されてるわけではないから美奈の心を読めるわけではないが、いた時ですら」

――キーンコーンカーンコーン、キーンコンカーンコーン
昼休み終了の5分前の予鈴だ。

コンさんは笑って中断する。

「コンコンコン、少しおしゃべりが過ぎたか」

コンさんは立ち上がって教室のほうに戻っていく。

◆　◆　◆

放課後になると同時に急いで寮に戻る。

狐神さんの部屋に行く。

「狐神さん！　話がある」

「あ〜鈴木？　入っていいよ」

部屋に入ると狐神さんは和室でアイスを食べていた。

「こら〜学校サボっただろ！」

「だって眠かったんだもん。コンちゃんが行ってくれるって言うし」

「コンさんを学校に行かせちゃダメじゃないか」

「大丈夫よ。悪いことはしないし」

「常時発動のスキルが危険なんだよ。クラス中の生徒が操られかけていたよ」

「鈴木だってシズクちゃんに代わりに学校行かせてたんでしょ？」

ぐっ。その通りだが。

「ごめんごめん。私とコンちゃんを助ける時に仕方なくよね」

「恩着せがましく言うつもりじゃないけど、そうだよ」

「ありがと」

ストレートに感謝されると強く言い難い。

しかも、部屋着がノースリーブシャツと短パンで妙に色気がある。

彼女はもともと、ちょっとツンとしている美女だ。

「わかったら、いいよ」

「ちょっと待ってよ」

帰ろうとすると狐神さんに呼び止められる。

「な、何？」

「女の子の部屋に上がって、そのまま帰るわけ？」

狐神さんがからかうように笑う。

ちょっと前の僕ならうろたえてしまっただろう。

ただ、純粋なマミマミさんやコンさんを見た後だと、思うようになった。

狐神さんの大人びた態度も一種のキャラ作りかもしれない。

「はいはい。今日の学校の勉強でも教えようか」

「も～鈴木つまんない～」

「そーいや数学で、抜き打ちで小テストがあったよ。コンさんじゃボロボロなんじゃない？」

本当は抜き打ちテストなんてなかったけど、これぐらいの罰を与えたほうがいいだろう。

「えええ！　抜き打ちテストのことなんて考えてなかった」

「ほらね。そういうこともあるから、コンさんを学校に行かせてサボろうなんてしちゃダメだよ」

「はーい……」

「今日も宿題出てるしね。どこかわかんないだろ？」

「うん。どうしよ？」

「一緒にやる？」

「いいの？　ありがと」

狐神さんの笑顔に笑顔で返す。

和室にローテーブルを広げて向かい合って座る。

今日の授業の内容を教えながら二人で宿題をこなす。

「そうだ。先生がここはテストに出るって言ってたよ」

「おっけー。ありがと」

ちょうどいい。

夕食を作る時間まで勉強しようか。

「この問題どう解くんだっけ？」

「うん。それはね」

いつの間にか教える立場が教わる立場に交代していた。

レベルアップで暗記力は向上してるはずなのに何故。

けれども、こうやってクラスメイトと一緒に勉強するのはちょっと青春っぽい。

僕にしてはできすぎかもしれない。

「次は古典する？　古典はさー。コンさんが教科書を音読したんだけど、凄く上手くてさあ」

「あ〜コンちゃんは昔の言葉を知ってるからね」

なるほど。だから文法はできないのに音読は上手いのか。

古典の教科書とノートを開いたところで気が付いた。

「やば、もう6時だ」

「どうしたの？　何か用事？」

「夕飯、作らないと」

「あ、そっか。寮のご飯って鈴木が作ってるんだもんね」

「そうなんだよ」

「いっつも美味しくて。あれを鈴木が作ってるんだ〜凄いなあ」

「ありがと。定時までに作るにはもう行かないと」

今だとギリギリだ。

「私も手伝うよ」

「え？」

意外な申し出。けれど。

「僕の仕事だから」

「鈴木の仕事を手伝っちゃいけないの？」

「いけないってわけじゃないけど」

「木野先輩も手伝ってるじゃない？」

「あれは先輩のキノコ研究の一環みたいなもんで」

「勉強も一緒にしたんだから、ご飯を一緒に作ってもいいじゃない」

勝手を知らない人が手伝ってくれても逆に大変なんだけど、気持ちは嬉しい。

「なら、お願いしようかな」

「うん！」

キッチンに到着すると、いつもキノコ料理を一品増やしてくれる木野先輩だけじゃなく、美夕さんも立石さんもいた。

「鈴木くん、遅い！」

「トオルくん、寝ちゃったんでしょ？　手伝いに来たよ」

どうやら美夕さんも立石さんも、ゲームで夜遅くなった僕が昼寝でもして寝過ごしてしまったと思って手伝いに来てくれたらしい。

料理って手順があるから、慣れてない人がやると大変なんだけどな。

僕が少しずつ教えながらやれば大丈夫か。

「じゃあ、美夕さんはニンニクきざんで。立石さんはパスタをゆでるお湯を、えーと、そこの鍋で沸かして。狐神さんは冷蔵庫の中にあるレタスを切って」

木野先輩は任せておいても大丈夫だろう。

◆　◆　◆

なんとか夕食の定時に間に合った。

会長も食堂にやってきた。

「今日は、キノコサラダにコンソメスープにペペロンチーノにチキンのトマトソース煮かな」

会長以外の皆は引きつった笑顔をしている。

かなりドタバタした調理で、僕が最後に体裁を整えたのだ。

「鈴木くん、今日も美味しそうね」

見た目はね。

「どうしたの？　このチキンのトマトソース煮あんまり味がしないよ」

しまった……。

見た目に気を取られて、塩を振るのを忘れていた。

「すいません。塩、持ってきますから振ってください」

「鈴木くんが料理を失敗するなんて珍しいわね。どうしたの？」

美夕さんが切り出す。

「実は皆で作ったんです。いつもトオルくんに作ってもらっているから」

「あ～そうだったんだ。鈴木くんの料理は美味しいもんね。私も手伝いがてら教わろうかしら」

「いやいや、僕の仕事ですし」

「教わるんだから手伝ってもいいでしょ」

先輩もそういう理由を作って手伝ってくれるのかもしれない。

「でも先輩はバイトで作ってるから結構上手いんじゃ？」

「マニュアルで作るだけだからね。あんまり上手くないのよ」

「あ～」

「だから、たまには手伝うからね」

会長が五杯目の山盛りご飯を食べながら微笑む。

ペペロンチーノと白飯をよく一緒に食べれますね……。

ほっこりした気分になりながら食事を続ける。

夕食を食べ終わっても皆でお茶を飲みながら話す。

「さてと、そろそろ、自分の部屋に戻ろうかな。ディートとリアが来ることになってるんだ」

「へ～ディートさんとアリアさん来るの。せっかくだからお茶とお茶菓子を持って皆で行きましょうか」

「いいですね」

ディート用の料理酒もさっとビニール袋に入れて、お茶とお茶菓子も持つ。

後はシズクのおにぎりも……よしと。

「ところでレイちゃんの部屋は真神の間につながってるでしょ？　キノコはダンジョンの地下四層で、鈴木くんは地下五層でしょ」

「そうですね」

廊下を移動している時、会長が話しかけてくる。

「私や狐神さんや立石さんはどこにつながるんだろう？」

やばい。

「えええ？　私の部屋もダンジョンにつなげることができるの？」

「どうやるの？　教えて！」

「会長～」

「あちゃ、ごめんね」

鍵を持ってふすまを開けるだけだけど、厄介事が増えそうだから黙っていたのだ。

「今度、教えるけど、危ないから絶対に一人では入らないでね。もし、自分で入る方法を見つけてもさ」

「本当に頼むよ」

二人は嬉しそうにはしゃいでいる。

僕の部屋に戻るとシズクが迎えてくれた。

「おかえりなさい、ご主人様！」

「ただいま〜。シズク、おにぎりとコンソメスープを持ってきたよ〜」

「ありがとうございます！」

会長が怒る。

「なんでシズクちゃんだけ部屋で食べさせるのよ！　可哀想じゃない！」

会長が異世界人は個別の部屋とダンジョンまでって決めたんじゃないか。

まあいいか。シズクは食堂に行くことが認められたほうが嬉しいしね。

ふすまを開けてダンジョンの扉を開けて、延長電気コードを異世界に通す。

「す、凄い」

誰かが驚きの声をあげる。

「ふふふ。これがダンジョンの僕の部屋だよ」

ダンジョンの部屋は、捨てられた学校の備品で快適な部屋にしつらえてある。

机、椅子、ＴＶもある。

もちろんＴＶ番組の放送は映らないけど、ゲームはできる。

「私もダンジョン活用しようかしら」

「ダンジョン活用？」

「だって鈴木くんもレイちゃんもキノコもダンジョン活用してるじゃない」

確かに美夕さんはマミマミさんとコンさんの牧場（？）、木野先輩はキノコの栽培施設、僕はプレイルームだ。

狐神さんと立石さんが目を輝かせている。

恐ろしい。

ダンジョンの側の鉄の扉がノックされる。

「トール！　いるー？」

「トールさまー」

ディートとリアの声だ。

「はーい、今開けるよ〜」

ダンジョンの鉄の扉を開ける。

ディートとリアと一緒にリュウちゃんも来ていた。

「あれ？　リュウちゃんも来てたの？」

「八尾が悪さをしていないかと。封印しなくて大丈夫ですか」

「だ、大丈夫だよ」

微妙な悪さだし、ってか、かなりしてるけどね。

三人に日本茶を振る舞う。

「美味しいですね～」

リアは日本茶が好きだと知っていたけど、リュウちゃんの口にも合ったようだ。

ディートには会長の死角からこっそりと料理酒を見せる。

手を合わせて拝まれた。

「そういえばディートさん」

リュウちゃんが言った。

げっ。見られたのか。

「ウチの予言書の内容、思い出されたんですよね。トールさんにも教えて差し上げたら」

「あ～そうね。少し思い出したわ」

え？　あれを思い出したのか。でも……。

「少しだよね？」

「肝心なところを思い出したんだから。ニホーンから来る少年ってトールじゃなかったのよ」

「なーんだ。僕じゃなかったのか」

リュウちゃんの一族の予言書に僕の名前があるのかと思ったら、どうも違ったらしい。

「確かクロウって名前だったわ。それと少女もいてチハルって名前だったわね」

クロウとトオル。似ても似つかない。

「へ～クロウとチハルかあ。チハルは僕のおばあちゃんと同じ名前だね」

狐神さんがつぶやいた。

「クロウって学園の理事長と同じ名前よね」

「そうだったっけ？　って、ウチのおばあちゃんと理事長って知り合いだよ？」

おばあちゃんはこの寮の管理人をしていた。

生徒皆で顔を見合わせる。

「まさかね……」

異世界人は何が何やらわからないといった顔だ。

また冒険の匂いがしてきた。

でも、今はダンジョンに作った僕の部屋で、お茶を飲みながら皆でゲームしよっと！

著者あとがき

著者の東国不動です。再び『放課後の異世界冒険部』をお届けすることができたのはひとえに皆様の応援のおかげです。

ライトノベルを多く読んだり、あるいは小説投稿サイトでランキングを取ろうと学ばれた方なら、「僕ダン」シリーズはいわゆる今のライトノベルの型のいくつかをあえて外そうとしていることに気が付かれたかもしれません。

それは異世界と現代の学校を掛け合わせているという表層的なこともあれば、やや深層的なこともあります。

千利休の訓に守破離(しゅはり)という考え方があります。

守破離では芸事を学ぶ初期段階では、型を守り、次に破り、最後に離れるそうです。

ライトノベルも文芸の一種であると考えるならば、守破離が適用できるかもしれません。

ただし、守破離においては守の段階を「尽くしきる」ことが必要のようです。

自分は良く言えば新しい物が好きなので「尽くしきる前」に、型のいくつかをあえて外そうとしている今作を出しています。

二巻までお付き合いくださった方には感謝の念にたえません。

重ねて感謝申し上げます。

僕の部屋がダンジョンの休憩所になってしまった件
放課後の異世界冒険部　学園の妖狐編

2021年4月3日　初版第一刷発行

著者……………………………… 東国不動
イラスト………………………… 竹花ノート
デザイン……………… DONUT STUDIO
本文組版…………… 株式会社エストール

発行人………………………………………後藤明信
発行所………………………………株式会社竹書房
〒102-0072　東京都千代田区飯田橋2-7-3
電話：03-3264-1576（代表）
03-3234-6301（編集）
http://www.takeshobo.co.jp
印刷所……………………………共同印刷株式会社

Printed in Japan
ISBN 978-4-8019-2290-7 C0093